このオスに支配されるのは、
とても気持ちが良い。
「あ、っ……ふぁ」
いつの間にやら、褒名の尻尾と耳も出ていた。
御槌が、長い鼻先で
褒名の尻尾をぐいぐいと押しやり、
付け根を刺激する。

ラルーナ文庫

黒屋敷の若様に、迷狐《まいご》のお嫁入り

烏舟あや

三交社

CONTENTS

Illustration

香坂あきほ

黒屋敷の若様に、迷狐のお嫁入り

本作品はフィクションです。
実際の人物・団体・事件などにはいっさい関係ありません。

黒屋敷《くろやしき》の若様に、狐《きつね》の嫁入りがあった。

たいそう世俗にまみれた嫁御であった。

朱塗《しゅぬ》り袴《ばかま》のおささまも、黒槍持《くろやりも》ちの古嫁さまも、竹邑《たけむら》の御馳走御前《ごちそうごぜん》も、はぐれの祢依依《ネイエ》も、皆々して諸手《もろて》を挙げて豊寿《とよほ》いだが、どうにもこうにも黒屋敷の若様、たいそう難儀な御性質。

嫁御様の御苦労が、今の内から見え隠れするかと思いきや、ところがどっこい、いざやいざやと玉手箱の蓋《ふた》を開けて見通せば、すっかり白狐《しろぎつね》の嫁御様に骨抜きにされた黒狐《くろぎつね》の若様よ。

今宵《こよい》目出度く、高砂にて祝言の儀を挙げ奉らう。

さぁ、狐の嫁入りぞ。
信太《しのだ》の村に、嫁入りぞ。

信太の迷狐《まいご》

褒名《やすな》は、山の麓《ふもと》でバスを降りた。

ここでバスを乗り換えて、山の中腹にある宿泊所を目指す。

「バスの時間は……うぉ……一時間半後……」

おとなしく一時間半をここで待つかべき、それとも……。今はまだ陽も高く明るいが、宿まで辿《たど》り着く頃には、どっぷり日暮れてしまうだろう。

「歩いてみるか」

時間を決めた計画があるわけでもない。気儘《きまま》な一人旅だ。背中のバックパックを背負い直し、山へ続く公道を歩き始めた。

ゆるい坂道を登る。初夏の風を受け、山道を進むと、開けた場所に出る。

遠くに海が見えた。潮風は少しべたべたするが、嫌いではない。

思いつくままに進み、寄り道をして、温泉に入り、美味《おい》しいものを食べる。

大学一年生の夏休みを利用して旅に出た。

なんとなく、コンビニで立ち読みした旅雑誌にこの山が載っていた。無性に、ここに行きたい、と思った。その時は、大学もバイトも放り出して、今すぐこの山に行きたいとさえ思った。その熱をなんとかこらえて、夏休みまで待った。

ネットで安い宿を探し、大学が休みに入るやいなや、有り金を全て摑《つか》んで電車とバスを乗り継ぎ、ここまでやってきた。

「バスが来ない……」

二時間近く歩いただろうか。腕時計を確認するが、バスが自分を追い越す気配はない。辺鄙《へんぴ》な山奥のせいかもしれないが、人影は勿論《もちろん》、車も通らない。時折、鳥が鳴く以外はとても静かだ。無音のあまりに、つんと耳の奥が痛くなる。前後左右、どこを見ても、山と空と道が続くだけ。

なんとなしに、ぶるりと身震いした。背筋に冷たいものが流れる。

「ひとりはこわい、ひとりはこわい」

自分を奮い立たせ、鼓舞するように調子をつけて歌を歌った。

こんなに天気が良いのだ、何もこわいことはないはずなのに、やたらと不安が襲ってくる。無意識に、両肩に通したバックパックの肩かけ部分を、ぎゅっと握りしめた。

早く宿へ行こう。

そこまで行けば、たくさん人がいるはずだ。

「……?」

まっすぐ前を見て、ふと、踏み止《とど》まった。

遠くから、車のエンジン音が聞こえる。すわバスかと笑顔で背後を振り返ると、真っ赤なロードスターが走ってきた。オープンカーで、運転席には女性が乗っている。かなりのスピードを出していて、首元に巻いたハイカラなスカーフが風にたなびいていた。真っ白のきらきらしたきれいなスカーフだ。

「かっこいい」

ひと気のない山道で人の姿を見られたことも嬉《うれ》しかったが、それ以上に、格好いい車を見られたことに感動する。

そのロードスターは、ぴたりと褒名の脇《わき》で停まった。

「こんにちは」

運転席の女性が、サングラスを取りながら挨拶《あいさつ》をしてきた。

年の頃は七十歳近く、小柄なおばあちゃんだ。うっすらと化粧をして、赤い口紅を差している。細身のパンツを穿《は》き、ドレスシャツを身につけ、革の手袋を嵌《は》めていた。

おしゃれなその女性は目を細め、優しく褒名に微笑《ほほえ》みかける。

「こんにちは」

褒名は、ぺこりと頭を下げ返した。

「坊や、どこへ行くの？」

「この山の麓にある宿舎です」

「……あらまぁ、そう、なの……ね。でも、歩いて行くとえらく時間がかかるわよ」

「バスが通りがかるのを待ってるんですけど……」

「バスなら、ひとつ前の細い道で曲がってしまうわよ？」

「え……」

細い道なんてあっただろうか。

ずっとまっすぐ一本道だった気がするが……。

「この辺りの住民でないと見落としてしまうのよね」

「そうですか。……ありがとうございます」

「乗ってきなさいな」

「……いいんですか？」

見ず知らずの男だ。危ないと思わないのだろうか。

「でも坊や、お仲間でしょう？」

「……？」

「あらごめんなさい。自覚がないのね」

「あの……」

「いえいえ、こちらの話よ。さぁさ、せっかくですからね、乗っておいきなさいよ。この辺りは日暮れも早いし、夜になったら獣が出るわ」

「……獣？」

「それとも、おばあちゃんのお誘いはいやかしら？」

「いや！　そんなことは！」

「大丈夫ですよ、獲《と》って食いやしませんからね」

「俺、男ですよ」

「ほほほ」

口元に手を当てて、ころころと笑う。

余裕の表情だ。幼い孫を相手する祖母のように鷹揚《おうよう》で、警戒がない。小柄な人なのに、どっしりとした貫禄《かんろく》さえある。

「坊やは悪いこともしなさそうですし、見るからにして無自覚。それに、私はこう見えてけっこう強いですからね。……さぁさ、お乗りなさいな」

「あの、そしたらお邪魔します」

こいこい、と手招きされるまま、助手席に座った。

「じゃあ、出発しましょうね」

「……お願いします」

ちら、と運転席の女性を見て、首を傾《かし》げた。

首に巻いていると思ったスカーフが巻かれていなかった。

＊＊＊

「じゃあ、坊やに家族はないの？」

「はい」

「まぁ、それはさぞや苦労があったでしょう」

「それなりです」

「ご親戚《しんせき》も？」

「……はい。父も母も、その父と母の両親にも会ったことがありません。いえ、生まれた時には会っているのかもしれませんが、覚えているのは施設からです」

なぜか、身の上話をしていた。

不幸自慢にもならない、面白味のない出生だ。自分から話すことのない話だが、お互いの自己紹介から家族の話になり、ついつい話してしまった。不思議とこの女性に親近感が湧《わ》いて、あまり他人に話さないようなこともするりと口が滑ってしまう。

褒名に親兄弟はない。高校までは施設で育ち、大学入学を機に一人暮らしを始めた。

アパートに入居するのとそれほど変わらない費用で長屋の一室を賃貸できるので、そこを借りている。大勢の中で騒がしく暮らすのは、施設で十二分に味わった。だからこその長屋暮らしだ。自分だけの小さな城は静かで、居心地良く、住人や大家も年若い褒名に親切で、とても気に入っている。

「おたけさんは、元々この辺りの生まれなんですか？」

「えぇ、そうですよ。今は少し離れた場所で暮らしているわ。今日は村のお祭りがあるから帰省したの。……褒名君は？」

「俺は市内に住んでます。……よかったら一度遊びに来てください。今日のお礼に。何もないですけど、近所にけっこう有名な神社があって……」

「お稲荷《いなり》さん？」

「そうです。……あの神社、有名なんですね」

「それは勿論、有名よ。私も一度だけ遊びに行かせていただいたことがあるわ」

「俺の家、あの神社の近くの長屋なんで、是非どうぞ」

ものの十分も経たないうちに、褒名とおたけは打ち解けていた。

おたけ、というのがこの女性の名前らしい。お互いに名乗り合った時、「昔風でしょ」と、はにかんでいた。優しい物言いと穏やかな笑顔で、お互いの住居もそれほど遠くないらしい。

旅先で出会った偶然に、褒名は心が弾んだ。ごく単純に嬉しかった。親切にしてもらえたこともそうだし、親近感が湧いたのもそうだし、何より、なんとなく自分のおばあちゃんがいたらこんな感じかな、と思ってしまった。

嬉しい気持ちが、そのままにこにこと表情に出る。

初夏の日差しを浴び、爽《さわ》やかな海風をオープンカーで突っ切る。

「……？」

海のにおいがしなかった。

あれだけ海が近かったのに、潮のにおいがちっともしない。もうそんなにおいも届かないほど山へ入ってしまったのかと前向きに考えたが、もしそうだとすると、もうそろそろ目的地へ到着してもいい頃合いだ。

ちらりと腕時計に視線を落とすと、そろそろ日暮れになる時刻だった。旅へ出る前に調べた情報だと、宿泊所までバスで一時間程度とあった。

おたけと出会う前に、褒名は二時間歩いていた。車に乗せてもらってから、かれこれ四十分は経過している。

高速で過ぎ行く景色には、建物の影ひとつなく、それどころか、道路標識もない。

唯一の救いは、道路がアスファルトだということだ。これが整備もされていない悪路なら焦りもするが、きちんと人の手が入った道だということが、無性に褒名を安心させる。

それは、一度はここに人間が立ち入ったという証拠だから。

「…………」

それにしても、まだ到着しない。

あとどれくらいかかるのだろう。山の麓までそんなに遠いのだろうか。おたけに訊《き》いたほうがいいのだろうか、訊くのは失礼なのだろうか。

「この辺りも……都市開発だとか、公共道路の整備だとか、インフラだとか、そういうので人間の手が入ってねぇ」

「……え?」

考えに耽《ふけ》っていて、聞き逃した。

「自然が減ってきたのよ」

ぎゅ、と車のスピードが増す。

「お、おたけさん」

「どうかして?」

「スピード、大丈夫ですか?」

「えぇ大丈夫ですよ。この辺は人なんぞ出てきませんからね」

「……出て、こないんですか?」

「この辺りは、もううちらの村ですからねぇ」

「……………」

あれ、なんか、こわい。

「本当に、生きにくいわ」

「そう、です、か……」

「まぁ、楽しいこともありますけどね」

「……………」

なんか……さっきまでと雰囲気が違わなくないか？

何か、おかしくないか？

なんだ、これ？　もしかして、乗ってはいけない車に乗ってしまったか？

なんか、周りの空気もおかしくないか？

あれ？

あれ⁇

あれ？

「あれ？」

進行方向に、建物が見えた。

道の駅のような木造建築だ。平屋建ての軒先に店を出している。売りものは野菜だ。店主なのか、農作業の格好をした老爺《ろうや》が椅子《いす》を出して座っていた。服装は少し変わっていて、薄い着物に草履を履き、ほっかむりをしている。

「おぉ、田舎……」

さっきまでの恐怖も忘れて、見入ってしまった。

人がいる。建物がある。人工物がある。それだけで安心してしまう。

「ふふ、珍しくて？」

「少しだけ」

「もうすぐ到着ですよ」

「ありがとうございます」

「なぁに？　変なところに連れ込まれると思ったのかしら？」

おたけは、けらけらと赤い唇で笑う。

あからさまにホッとした褒名の表情が面白かったのだろう。

「ちょっとびっくりしました」

「大丈夫ですよ、ほら……」

おたけが視線をまっすぐ向けるので、褒名もそちらに顔をやった。

まだいくらか距離はあるが、アスファルト道路の両脇にたくさんの屋台が出ていた。

お祭りだ。

大勢の人がいることに、褒名は心底安堵《あんど》を覚える。

「通行規制が入る前に到着してよかったわ」

「はい」

スピードを落とした車が、屋台の方向へ近づく。

「お祭りを見てらっしゃったら？　急ぐ旅路じゃないんでしょう？」

「それは……はい……」

ほんの少しだけ、どうしようかな……と逡巡《しゅんじゅん》した。

さっき、ほんの一瞬おたけがこわいと思ってしまった。だが、祭りには心が惹《ひ》かれる。

なぜだか褒名の目には、それがとても楽しそうに映るのだ。

「いざとなったら村に泊まっていけばよろしいのよ。……ね？　そうなさい？」

「…………」

なんとも言えず、言葉を濁した。返事の代わりに、車外へ視線を向ける。

お祭りに来ている人たちは皆、浴衣《ゆかた》や作務衣、法被《はっぴ》姿で賑々《にぎにぎ》しい。若い子は連れだって道路脇に座り込んでたむろし、瓶ラムネを飲んでいる。

手動で氷を削るカキ氷機、木桶《きおけ》の金魚すくい、こより紐《ひも》のクジ引き、木製の輪投げと射的、鼈甲飴《べっこうあめ》、紙芝居、紙風船、風車、お面、古道具屋、骨董《こっとう》屋、書道具屋、古本屋。薬屋の暖簾《のれん》の下では、瓶壺《びんつぼ》に詰められた軟膏《なんこう》や塗り薬、虫下しが売られていた。

中には、髪飾りを売る店や、着物の端切れを売る店もある。八百屋の店先では、野菜と鮮魚を物々交換している。驚くことに、規制されて今はなき見世物小屋まであった。

屋台というより、朝市や楽市楽座のような雰囲気がある。ここで生活用品の全てがそろいそうだ。

そしてなぜか、最も盛況なのは豆腐屋や揚げ物屋、鮨《すし》屋だった。老いも若きも店先に出した緋毛氈《ひもうせん》敷きの長椅子に腰かけ、男女を問わず赤ら顔で酒を呑《の》み、稲荷寿司を頬張《ほおば》っている。

雰囲気もどことなく古めかしい。明治、大正、そんな時代がかった雰囲気がある。現代と何がそんなに違うのだろう……と考えて、すぐに分かった。

珍しいことに、この村には洋服の人がいなかった。皆、浴衣や着物を着ている。ズボン下や肌着の人もいるが、ジーンズやスカートの人は一人もいない。着物の着付け方も独特で、中国風にも見えるし、古い日本の官服にも見える。洋服を着ているのは褒名とおたけくらいだ。

まったくと言っていいほど、車も見当たらなかった。自転車そのものも数も少なく、最近の自転車屋に並ぶ商品のような塗装もされていない。金属の色そのままだ。徒歩がほとんどで、その足元も、草履、下駄、裸足《はだし》で、靴やヒールの人はいない。

それに何より、誰《だれ》も、携帯電話を持っていなかった。

不思議だ。

機械製品がない。電気を使っている気配がない。電線がない。屋台や夜店にありがちな発電機がない。プロパンガスもない。灯《あか》りひとつとってみても提灯《ちょうちん》に蠟燭《ろうそく》だ。

「……蠟燭じゃない？」

丸みを帯びた、ふよふよとした灯りが店先を照らしている。片手の平に乗るおじゃみくらいの大きさで、提灯や灯籠《とうろう》の中で幽玄と光を放っていた。

「きれいね」

おたけは落ち着いている。

久々の地元が嬉しいのかして、声も弾んでいた。

「………」

褒名は何も答えられなかった。

こんちきちんのお囃子《はやし》ばかりが耳を打ち、なぜか、人の会話はあまり耳に入ってこない。喋《しゃべ》り声は聞こえるのに、話している内容が分からないのだ。

外国語。どこか異国の言葉。そんなふうに聞こえた。方言がきついのかもしれない。でも、この村の出身だというおたけは方言ではなかった。耳が慣れてくると、早口の会話がゆっくり聞こえ始め、それはまるで万葉集を聞かされているような音に変わる。

知らない言葉、まるで異界、いや、タイムスリップしたみたいだ。妙にゆったりとした語り口は、単語の数が極端に少ない。耳を澄まして聞き取ろうとすると、喋っている人と目が合ってしまい、褒名は咄嗟《とっさ》に視線を逸《そ》らした。きゅ、と吊《つ》り上がった目がこわかった。

どの人も見目が良く、容貌《ようぼう》は整っている。顔面偏差値が高いとでも表現すればいいのだろうか、色白で、細面。老若男女、誰を見ても美術品のよう。

「もうすぐ村に到着しますからね」

「え、あの……」

村じゃなくて、宿泊所に……。

そう言いたかったが、なぜか、言葉が喉奥《のどおく》に詰まる。

ごくん、と唾液《だえき》を飲み下し、眼前を見据えた。不思議なことに、車が奥へ進むにつれ、理解できなかった村の人々の言葉が、たまに頭に入ってくるようになった。

最初はまったく理解不能な言語だったものが、わずかにその言葉尻《じり》を捉《とら》えられるようになり、次第に、単語の意味が分かり始める。話している内容が漠然と頭に入ってきたかと思えば、きちんとした話し言葉へと移ろう。全ての言葉が理解できるようになるまで永い時間がかかったようにも感じたが、ほんの一瞬だったかもしれない。

「おたけさん、あの……」

「大丈夫、大丈夫ですよ」

気がつくと、屋台の通りを抜けていた。人通りもなくなり、車のスピードは元に戻っている。かなりのスピードが出ているにもかかわらず、褒名は車外を歩く人の声を聞き取り、意味を理解できていた。

「……？」

笑ったような、困ったような、泣きそうな、歪《ゆが》んだ表情になる。

これは、一体どういうことだ？

「あの宿泊所へ行ってはいけません。あそこには、私たちを捕まえて食べる獣がいますからね」

「………？」

もっと泣きそうになった。

言葉は理解できるのに、おたけの喋る言葉の内容が理解できなかった。

なんで、俺はここにいるんだ……と、やり場のない恐怖が募る。

ロードスターは、大きな鳥居の手前で停まった。

鳥居の奥に薄靄《うすもや》がかかり、全体的に空気が重く、厚い。真っ黒に見えた鳥居と門構えは、紺のような、朱のような……、瞬《まばた》きするたびに印象を変え、どんより薄曇りの夜に似た気配をまとう。中空で、ほの淡く白い光を帯びた何かが明滅しては、不規則に漂う。その光のおかげか、暗いのにちっともこわくない。

村の奥から、住民がわらわらと顔を覗《のぞ》かせる。屋台の出ていた通りと同じく、村民たちも皆、色白で細面、しゅっとしていて、見目が麗しい。そして、誰もが着物姿で、洋服の者はいない。

「……おたけさん」

褒名は、鳥居の土台近くに鎮座した岩石を凝視する。

その岩石は、大男が両腕を回してもまだ足りないくらい大きく、岩の半分が地中にめりこんでいる。

「はい、どうかしましたか？」

「俺、おたけさんに苗字《みょうじ》って名乗ってましたっけ？」

「いいえ」

「あのね、おたけさん……」

「はい」

「俺の苗字、信太《しのだ》っていうんです」

褒名が凝視する大石には、信太村と刻まれていた。

「そう、奇遇ね。この村の人間は皆、信太の姓なのよ」

「………」

「ようこそ、信太村へ」

おたけは目を細めて微笑んだ。

＊＊＊

「おたけさま！」

「おかえりなさいませ、おたけさま！」

「ほほほ、ただいま、皆々様」

おたけは、歓待する村人に笑顔で応じる。

褒名はその後ろで小さくなっていた。状況を把握する間もなく車を降ろされ、おたけについてくるよう促され、無言で後に続く。

逆らう気はなかった。

なんだかこわい。ただひたすら、こわい。雰囲気がこわい。

得体の知れない威圧感に呑まれ、押し潰《つぶ》されそうになる。

褒名は、ネットで読んだこわい話を思い出していた。一人旅に出て行方不明になった大学生。名前もなき場所に紛れ込み、帰れないというメールを最後に消息を絶った社会人。道に迷っていた旅人が親切な村民に出会い、村に案内されて、その村で食べられてしまった話。

思いつくのは、悪いことばかりだ。

絶対に死ぬ。

俺、このまま死ぬ。

そんな予感がした。

村の構造は複雑怪奇に入り組んでいて、逃げ切る自信はない。

信太村は、山裾《やますそ》を切り拓《ひら》いて造られていた。斜面をそのまま活用して段々畑を作り、水を引いている。鬱蒼《うっそう》と生い茂る木々の間に、細い石階段を縦横無尽に走らせ、段差の窪《くぼ》みや平地を利用して、木造の家屋を敷き詰める。

村のあちこちに存在する行き止まりには、五センチ角の木枠を格子状に組み、慣性の法則を無視した設計で岩盤に嵌めこみ、階段の代わりにしていた。

家屋からは湯気が立ち上り、食べ物の匂《にお》いがする。温泉も湧いているようで、硫黄《いおう》のような独特の香りが鼻先を擽《くすぐ》った。どこかから、きゃらきゃらと子供の笑い声も聞こえる。

祭りの真っただ中の割に、村の中は落ち着いていた。

褒名はおたけについて進むが、急な坂が多く、息切れが激しい。

「ほら、しっかり、もうすぐですからね」

当のおたけは息ひとつ切れていない。それどころか、この村に入ってからは、ひときわ元気だ。

褒名は、この村の空気を吸ってから頭がくらくらしていた。不安がそうさせるのか、急な坂道で心臓が悲鳴を上げているのか、暑気にアテられたのか、恐怖ゆえにか、妙に気分が高揚して、急に叫び出しそうになる。

「坊や、見てごらんなさい」

おたけが、階段の途中で立ち止まった。

「……ぉ、わ……」

言葉を失った。

見晴らしの良い景色。

夕暮れの朱色に染まった村。

美しい村は、幾つもの鳥居に囲まれていた。見渡す限り、山と川しかない。少し離れたところに湖があり、そこから田畑へ水を供給し、生活用水としているのが分かる。

ただ、ここにも、人間文明社会で見かけるものがなかった。電線や、電信柱、コンクリートの建造物、整備された道路、それらがない。

古い、昔の、山村だ。

どこか郷愁を覚える。

帰ってきたんだなぁ……とそう思う。

「坊や、おさにご挨拶しましょう」

「……あ、はい」

手招かれて、ほいほいと後ろをついていく。

階段をのぼり切ると、開けた台地になっていた。

村は勿論、祭りの行われている場所まで一望できる。

そこには、背後に大樹を抱いた、ひときわ古めかしいお社が鎮座していた。朱塗りの本殿を守るように、木の根が取り巻いている。その木の根は真っ青の清水に浸《つ》かり、清水は川となり、褒名の足元を濡《ぬ》らし、絹糸のような滝となって高台の崖《がけ》を落ちる。滝壺を打つ激しい水音はなく、ひんやりとして、ほぼ無音。ここはまるで、ご神木の森だ。

靴を脱ぎ、本殿に足を踏み入れる。

本殿は、同じ部屋が幾つも続いていた。二十畳はありそうな畳の部屋、襖《ふすま》を開けると、また同じ二十畳の部屋、右の襖を開けても、左の襖を開けても、正面の襖を開けても、次の間に進んでまた右の襖を開けても、左の襖を開けても、ずっと……二十畳の部屋。

気が狂いそうなほど同じ景色をおたけとともに進み、ようやく板張りの廊下に出た。橋を渡した池の脇を通り過ぎ、離れに入る。するとまた二十畳の部屋が続く。

この頃には、褒名はこわいという感覚が消え失せていた。頭の中が真っ白で、現実逃避していたのかもしれない。

長いような短いような移動の末に、おたけはようやく奥の間の前で足を止めた。

「おささま、おたけが戻りましてございます」

「入りやれ」

不思議な声が聞こえた。

男とも、女とも、判別のつかない声だ。のんびり、ゆったり、おっとりしているのに圧迫感がすごい。この村に入った時から感じているプレッシャーと同じ気配がひどくなった。

襖が、す……と音もなく開く。焚《た》き染《し》められた白檀《びゃくだん》の薫りが鼻先を擽る。しゃらしゃら、きゃらきゃら……、どこからともなく鈴の音が響く。

「お久しく」

おたけは下座で正座する。

褒名は勝手が分からず、おたけの後ろで同じようにした。

「久しぃのぅ」

幾重にも重なった御簾《みす》の向こうから、声が聞こえた。

ただ、姿形はおろか、影さえ見てとれない。

「お元気そうで何よりでございます」

「そなたも息災で何より。……ところで、おたけ、なにやら珍しいものを連れてきよったな」

「帰省途中に、迷狐を見つけましてございます」

「それで拾ってきよったか」

「はいな」

「そのほう、名はなんとす？」

「坊や、お答え」

「……え、と、はい……褒名です。信太の褒名」

おたけに言われて、褒名は名乗った。

「半分、混じっておるなぁ」

「父親が人かと思われます」

「母御が信太者《しのだもの》か」

「幾らか前に下野した白狐《しろぎつね》がおりまして」

「うむ、それの血じゃな。同じ匂いがしよる。あの血はとうに絶えたと思うておったが、遺しておったか」

「よろしいでしょうか？」

「よい。信太ならば我らが同胞。人の世では生きにくぅなって、こちらへ惹かれて来たんじゃろうて」

「あやうく狼牙《ろうが》にかかるところでした」

「それはいかんなぁ」

「自覚がないようでして、仔狐《こぎつね》と変わりありませぬ。お守りが必要かと」

「では、御槌《みづち》が適任であろう」

「まぁ、若様を！」

両手を合わせて、おたけは喜色満面を全身で表す。

「……これ、御槌、来やれ」

おさが、ぱん、と手を叩《たた》いた。

「……うぉ!?」

褒名の真横に、男が現れた。

どこからどう出てきたのかは、分からない。唐突に、褒名の隣に現れた。物凄《ものすご》く仏頂面をした男だ。上座に向けて、頭《こうべ》を垂れている。目つきは剣呑《けんのん》で、鴉《からす》の濡れ羽色の目玉をしていた。真っ黒で底がない。その背には、瞳《ひとみ》と同じ色をした髪を流している。頭の低い位置でゆるく結わえているが、腰まである。膝《ひざ》をつくと、畳に裾を広げる黒《くろ》羽二重《はぶたえ》のようだ。艶々《つやつや》として、思わず触れてみたくなる。

「こんにちは？」

褒名がぺこりと頭を下げると、ぎろりと睨《にら》みつけられた。

半端なくこわい。

「御槌、これよりおんしがお守りじゃ。よぉ面倒見たり」

「畏《かしこ》まりましてございます」

おさの言葉に、御槌は低い声で応じる。

「これ褒名」

「……は、い！」

おさに名を呼ばれ、びっと背筋を伸ばす。

「そこな御槌がおんしの世話をするがゆえ、よぉよぉ言うことを聞きやれ」

「は、ぁ？　いや、でも……俺、旅は二週間の予定で……」

「これ愉快。獣に唾《つば》つけられた仔狐が、そうそう現世に戻れるものか。悪いようにはせん。腹に種をつけられ、ばりばりと食われとうなければ、おとなしゅうここで暮らしおれ。いずれかは力を得、独り立ちもできよう」

「……？」

「おぉ、おぉ……、とんと分からぬ顔をしておる。御槌、よぉ教えたり」

「……は」

より深く頭を垂れ、御槌は腰を上げた。

「でっかい……」

立ち上がると、御槌はとても背が高かった。

黒の着流しがよく似合っている。しゃんとした後ろ姿は惚《ほ》れ惚《ぼ》れするほど男前。着物の裾や袂《たもと》、襟元から覗く骨はしっかりとしていて、力強い。

褒名は、ぽかんと口を開けて仰ぎ見る。

「間抜け面をさらすな」

唾棄《だき》するかのごとくの物言いだ。

「はぁ」

「早く来い」

御槌は褒名を置いて、もう襖の向こうへ足を向けている。

「坊や、ついておいきなさい」

取り残された褒名を急《せ》かすように、おたけが微笑んだ。

「え、でも……」

まったくの知らない人についていきたくない。

せめて、おたけの傍《そば》にいたい。

それ以前に、ここは褒名が目指した宿泊施設じゃない。

帰りたい。

「大丈夫ですよ、全て若様が教えてくださりますからね。ほら、早く追いかけなさいな」

「…………」

有無を言わさず、褒名は部屋を追い出された。

「さて、おたけ。……今宵は祭りじゃて、早う皆に馳走を振る舞うてやりゃ」

「はいはい。お任せくださいまし」

背後では、おさとおたけが楽しげに話を再開していた。

＊＊＊

御槌は、部屋を出てすぐの廊下で褒名を待っていた。

「すみません、ついていくように言われたんですが……」

「…………」

「…………あの……」

「…………」

御槌は、褒名の言葉を無視して歩き始める。

褒名は慌ててその背を追った。ここで御槌を見失うと、確実に迷子になる。

今度は、廊下をほんの数回ばかり折れ曲がっただけで、本殿の外に出られた。

それどころか、驚いたことに、褒名は村の真ん中に立っていた。本殿を出たら、すぐにあの大樹が根を張る台地のはずなのに、村のど真ん中にいたのだ。

首を仰《の》け反らせると、遥《はる》か遠くの高台に、さっきまでいたはずのあの御神木と滝壺、朱塗りの御殿が見える。

「………?」

どうなってんだ、ここ?

「おい」

「はい!」

バックパックの肩かけ部分をぎゅっと握りしめ、御槌と距離を取る。

御槌が一歩近づくから、恐ろしくて、咄嗟に半歩引いてしまった。

「………人間臭い」

御槌は、すん、と鼻を鳴らす。

「え? っと……ぉ、わ、わ……?」

服の襟首を掴まれ、引きずられた。引っ張られるまま、後ろ向きに歩く。

道中、村の人間とすれ違った。皆、奇異の眼差《まなざ》しで褒名を盗み見る。

「あれあれ、黒屋敷の若様が迷狐を連れておられる」

「なに、御槌様じゃと!?」

「あぁ、今宵も一段と男っぷりが増しておられるのぅ」

「あの絹の黒髪に一度でよいから指を滑らせてみたいのぅ」

「……それより、あれが、おたけ様が連れてこられた迷狐か?」

「おやまぁ、人の血が混じっておるわ」

「さりとて、おささまがお認めになられたのだから、これより、あれは信太者じゃ」

「きぃ、羨《うらや》ましい。御槌様とあんなに近ぅ寄っておる」

「あなうらめしい。あの迷狐はこれから先、朝も昼も夜も御槌様とご一緒じゃ」

「朝餉《あさげ》も昼餉《ひるげ》も夕餉《ゆうげ》も寝床も？」

「無論。あれは久々の新しい同胞じゃて」

「新しい血じゃ」

「久しく、新しい血の仔が産まれよる」

「じゃが、あの迷狐、大狼《おおかみ》に狙《ねら》われとるそうじゃ」

「ならばこその御槌様。御槌様が一等強い。あのひ弱げな迷狐も、御槌様の庇護《ひご》なら安堵して孕《はら》めようて」

「新しい血じゃ」

「新しい仔が産まれよる」

「あぁ、うらめしい。御槌様の仔を孕むはわらわじゃと思うておったのに」

「厚かましい。何を言うか、そのお役目はわらわじゃ」

「二人ともよぉ言う。わらわじゃ」

「少なくとも、あの細っこい狐では分不相応じゃ。見よぉみ、あの頼りない足腰、薄い尻、すぐに壊れてしまうわ、流れてしまうわ」

「おぉ、恐ろしいことを」

「お前たち、言うて良いこと悪いこと知っておろう？　黙りゃ！」

「さようさよう。これは喜ばしきこと、めでたきこと。祭りの夜にこそ相応《ふさわ》しい」

「祝いの席じゃ」

「さぁさ、娘ども、呑めや、歌えや、踊れや」

「あい」

けたけた。

きゃらきゃら。

こんこん。

皆、楽しそうに、嬉しそうに、諸手を挙げて喜ぶ。

「……御槌さん、あの人たちは何を……？」

「…………」

「……御槌さん……あの、御槌さん？　ここ、なんかすごく煙いんですけど、これ、湯煙ですか？　温泉のにおいがします」

村の中心地を抜けると、周りは、岩肌に囲まれた温泉に変わった。

空気は湿り気を帯び、しっとりと肌に吸いつく。ぼこ、ぼこっ、とそこかしこで熱湯が湧き立ち、うだるような熱気だ。水蒸気がもうもうとたち込め、目の前は真っ白で何も見えない。

「御槌さん、御槌さーん」

「…………」

「御槌さん、御槌さ……うぼぁっ!?」

ぽん、と片手で放り投げられた。

次の瞬間、どぼん、と、頭から温泉に突っ込んだ。

「……ぶ、っは!!　……どぉ、っぷ!!」

水面に顔を出した途端、頭を草履で踏まれた。

頭のてっぺんまでどっぷり湯の中に浸からされる。

「人間臭い、よく洗え」

「……ちょ、がぼ……っま……助けっ、ここ、けっこう深い!!」

「臭《にお》いが取れるまで出てくるな」

「ぶ、はっ……!」

足から逃れ、少し離れた岩場に摑まる。

水面から顔を出して、大きく深呼吸した。

「…………何するんで……うわ、鞄《かばん》も濡れてる……」

背中に背負っていたバックパックを慌てて下ろし、岩の上に避難させた。

鞄の中身は、財布や家の鍵《かぎ》といった貴重品、着替え、携帯食料に携帯電話。たいしたものは入っていないが大切なモノだ。

水気を吸った服が、ぐっしょりと重い。肌にぴったりと張りついて、気色が悪い。

「御槌さん、何か着替えを……」

「先に洗え」

「…………」

どうやって洗えと言うのだろう。

石鹸《せっけん》もタオルもないし、第一、温泉に入る理由が分からない。

「御槌さん、俺、帰りたいです」

「…………」

「…………はいはい」

洗えばいいんですね、洗えば。

濡れたシャツを脱ぎ、湯の中でズボンと下着と靴を脱ぐ。随分と手間取ったが、脱いだものを岩間に置くと、ごしごしと手で肌をこすった。

湯はやわらかく、とろりとして乳白色だ。思ったより硫黄のにおいは薄い。しゅわしゅわとした肌触りからすると、炭酸泉なのかもしれない。

どの程度、体を洗えばいいのか分からず、頭のてっぺんから足指の先まできれいに洗った。広い風呂《ふろ》は久しぶりで、気持ちも良いし、気分も良い。

「……ふ、はぁ……」

大きく息を吐いた。

体が温まり、心地よい気怠《けだる》さを得る。おたけの車に拾ってもらえるまで、今日は一日中、歩き通しだった。緊張がほぐれると、筋肉が疲労を訴え始める。

それなりに疲れていたようだ。この村に入ってから、得体の知れない不安と、ふわふわした妙な感覚と、圧倒的な威圧感の間でもみくちゃにされ、疲弊していたことを自覚する。

褒名はあまり深く考えない。

この場所も、変な感じはあるが、悪い場所ではなさそうだ。

田舎の村は閉鎖的で、独特の習慣を持っている。

まさかこの平成の時代に、よそ者だからという理由で殺されることもないだろう。何より、歓迎されているようだし、いざとなったら歩いて半日足らずで山を下りられる。温泉も最高だし、それほど焦ることもないはずだ。

今晩一夜、ここで世話になればいい。明日は目的地へ出発しよう。それでいい。そういうのも旅の醍醐《だいごみ》味だ。

「御槌さん、もう出てもいいですか？」

すっかりのぼせてしまった。

顔や耳が真っ赤になっているのが自分でも分かる。

「早く出ろ」

「はい」

やっとお許しが出た。

よいしょ、と爺臭《じじくさ》いかけ声とともに、温泉から上がる。

「……御槌さん、御槌さん……」

「何度も呼ぶな」

「すみません、御槌さん……」

「だから、なんだ？」

「……御槌、さん……なん、か、服……み、づち、さ……」

なんだか頭がくらくらする。

御槌さん、目の前がぐにゃぐにゃ歪んでいます。

「おい」

「……みづち、さ……ごめん、くらくら、します……」

御槌に腕を摑まれる。

そこで目の前が真っ暗になった。

＊＊＊

「御槌さま、坊やの熱はいかがですか？」

「たいしたものではない」

「可哀想《かわいそう》なことをしました」

「おたけ……あれは、これまで同胞と生活をしたことがないと言っていたな？」

「はい」

「神気にアテられただけだ。父と母、俺、お前……他にも、祭りにあわせて、それなりの者が帰ってきている。耐え切れんかっただけだろう」

「お言葉ですが、温泉にぶち込むのはいただけませんわ」

「…………」

「あんなに高い熱を出して、うなされて、可哀想に……」

「…………」

「おぉ、可哀想」

「おたけ」

「あら失礼。……では、坊やの看病、ようようお願いしますね」

ほほほ、と口元に手を当てて、おたけは静かに部屋を辞した。

「…………」

御槌は、胡坐《あぐら》をかいて、褒名の傍に座り直す。

客間に敷いた布団では、褒名がすぅすぅと浅めの寝息を立てていた。

こうして黙って静かにしていれば、悪くない顔だ。横顔は清楚《せいそ》で、儚《はかな》げな風貌《ふうぼう》をしている。色白で、皮膚が薄く、骨は小さい。背丈は充分だが、手足と腰回りの細さ、骨盤の狭さは、物足りないものがある。

これが本性を現したら、どんな毛並なのだろうか。白か、金か、銀か、赤か。それとも、御槌と同じように黒か。艶やかであるのか、するりと滑らかであるのか、はたまた極上の羽毛のようであるのか。

どちらにせよ、半分は人間だ。

さしてきれいな代物ではないだろう。

「……………みづち、さん」

褒名が、ゆっくりと瞼《まぶた》を開く。

「起きたか」

「おたけさんの声が、聞こえました」

「さっきまで、お前の様子を見に来ていた」

「…………」

「おい」

急に黙る褒名の肩を、御槌は揺さぶる。

「あたま、ぐらぐらする」

「……あぁ」

御槌はゆっくりと手を離した。

この生き物は、随分と弱々しい。丈夫なように見えて、信太の誰よりも抵抗力がない。

弱い生き物は面倒だ。

にもかかわらず、これから先、延々とこれのお守りをし続けなければならない。

こんな人間臭い生き物を。

「……御槌さん」

「なんだ？」

「今、何時ですか？」

「四半刻前に夜が明けた」

「俺、帰りたいです」

「お前は一生ここだ」

「…………」

「信太の褒名。信太村の褒名。お前は一生、この村だ」

御槌の言葉に、褒名は両目を大きく見開き、凝固する。唇が薄く開き、白い歯と赤い舌が見え隠れする。熱に浮かされ、潤んだ瞳が戸惑いを孕む。

あいの仔の分際で、やけに扇情的だ。

「御槌さん」

「なんだ?」

「なんか、寒い」

「……そんなはずは……」

今は夏だ。

信太村には結界が張り巡らされ、豊かな四季の恵みがある。

体を縮こまらせ、布団の中に潜り込む。

御槌が腕を伸ばすと、ぎゅっと目を瞑《つむ》り、身を竦める。

「……さむい」

「熱を見るだけだ」

首筋に手をやる。

随分と熱い。よほど、他者の神気に弱いらしい。免疫がない褒名には、今、ここに御槌がいるだけでも苦痛を伴うのだろう。

「おい」

「……はい」

力ない声で、褒名が応じる。

「そのまま眼を閉じていろ」

「ふ、ぁい……」

「………」

静かに、唇を重ねた。

褒名が、両目を見開く。御槌は、片手で褒名の目元を覆い隠した。褒名はたいした抵抗もなく、頼りない力で御槌の髪を握りしめる。鬱陶《うっとう》しいと言わんばかりに、御槌はその手を振り払う。そうすると、褒名は再び触れてはこなかった。

「……ん、ぅ」

褒名の唇から、くぐもった声が漏れる。

甘ったるい。赤ん坊のような甘え声だ。

きゅる、と喉を鳴らして、喉仏が上下する。

御槌は、その薄い唇から、するりと熱気を奪った。奪う代わりに、御槌の力を幾らか分け与える。当面は、この力が、褒名の体内で反応するだろう。だが、これに慣れさえすれば、この村で過ごしやすくなる。

長い時間をかけて、少しずつ褒名の内側に入り込む。

褒名の瞳がとろんと蕩《とろ》けて、瞼が自然と落ちた頃、御槌はゆっくりと唇を離した。

多少は楽になったのか、褒名の頬にほのかな赤みが差す。寒いと震えることもなく、穏やかな眠りへと落ちていく。

「人間臭い」

濡れた唇を袂で拭《ぬぐ》った。

苛々《いらいら》する。弱々しい、あいの仔。

そのあいの仔に施しを与えた自分。

どちらも、どうにも許せそうにない。

「ほほほ、御槌様、尻尾《しっぽ》が出ておいでですわ」

「…………おたけ、帰ったんじゃないのか？」

「坊やに苺《いちご》を持って参りましたの」

音もなく襖を開け、そそ、と苺を盛ったガラスの器を差し入れる。

「目を醒《さ》ましたら食わせる」

「そうしてやってくださいまし」

「他に何か用向きでもあるのか？」

おたけは、一向にそこから去る気配がない。

「尻尾がぱたぱた」

歌うような調子で、おたけは、ととと……と指先で畳を打った。

「……おたけ」

「嫁御様がいらして、ほんによろしゅうございました」

「…………」

「おぉこわいこわい」

きゅ、と首を竦《すく》めて、おたけはそそくさと逃げた。

「…………あいかわらず、天狐の類《たぐい》は……」

食えない女狐だ。

御槌は、天を仰ぎ見て嘆息する。

この御槌が、こんなモノが来たくらいで、喜ぶわけがない。

これは所詮《しょせん》、おさの命令で面倒を見るしかないあいの仔だ。

それも、永遠に面倒を見続けるしかない厄介者だ。

「忌々しい」

吐き捨てるように呟《つぶや》き、立ち上がる。

途端、ぐ、と後ろ頭を引っ張られた。中途半端に腰を浮かせたまま、力の加わった方向を見やると、褒名が、髪を握ったたまま眠っていた。

「…………」

不愉快も露《あら》わに渋面を作り、髪を解こうと褒名の指に手をかけ……やめた。

胡坐をかいて、座り直す。

膝に肘《ひじ》をつき、そこへ顎《あご》を乗せ、何をするでもなく眠りこける褒名の横顔を見つめた。

眠り耽るその横顔は、幸薄そうで、なぜか後ろ髪を引かれた。

目を醒まして動いている時の印象と、こうして黙りこくって死んだような表情の歪《いびつ》さから、目を離せなかった。

まぁよい……。

人知れず、何をか、嘆息する。

気づけば、風通しに開けた障子の向こうで、さぁさぁと小雨が降っていた。

よく晴れた青天、太陽を隠す雲ひとつない。

気持ちの良い雨が、土を濡らす。

狐の嫁入りだ。

信太の村に、迷狐が来た。

跡取り狐に、嫁御が来た。

黒屋敷の若様に、狐の嫁入りじゃ。

たいそう世俗にまみれた嫁御様じゃ。

朱塗り袴のおささまも、黒槍持ちの古嫁さまも、竹邑の御馳走御前も、はぐれの祢依依も、皆々して諸手を挙げて豊寿いだが、どうにもこうにも黒屋敷の若様、たいそう難儀な御性質。

嫁御様の御苦労が、今の内から見え隠れするかと思いきや、ところがどっこい、いざやいざやと玉手箱の蓋を開けて見通せば、すっかり白狐の嫁御様に骨抜きにされた黒狐の若様よ。

今宵目出度く、高砂にて祝言の儀を上げ奉らう。

さぁ、狐の嫁入りぞ。


遠くで、童が歌を歌っていた。

信太の景色

褒名が目を醒ました頃には、祭りはもう終わっていた。

熱にうなされてぼんやりしているうちに丸一日が経ってしまったらしい。せっかくの旅行なのに、貴重な一日を布団の中で過ごしてしまった。

褒名は、ゆっくりと布団に半身を起こす。

浴衣を着せられていた。御槌あたりが着せてくれたのだろう。肌触りはさらさらとして着心地がいい。夏の鳥と草花が散らされ、流水紋が袖と裾にある。青や緑が基調だが、薄桃色や朱色も入っていて、色遣いが少しばかり可愛《かわい》らしい。

「………ぐるぐるする」

褒名は自分のぺったんこの腹に触れた。

空腹なのか、温泉でのぼせた熱気が残っているのか、下腹《したばら》の奥がずくずくと疼《うず》く。何日も射精していなくて、溜《た》まっている感じに近い。ここが他人の家でなければ、即座にティッシュボックスを手前に引き寄せているところだ。

「今、何時……？」

きょろりと室内を見渡す。

部屋は昔の日本家屋風だ。天井が高い。真っ黒の梁《はり》が渡っていて、黒塗りの板が張られている。壁は白漆喰《しろしっくい》と砂壁だ。畳に布団が敷いてあって、褒名はそこに寝かされ、枕元《まくらもと》には木桶と手拭いがあった。ぴちょりと指先を浸けてみると、ぬるかった。

部屋の隅に置かれたバックパックに目が留まる。温泉にぶち込まれた後、一応、乾かしてくれたらしい。広げた風呂敷の上に、ひとつずつ丁寧に並べられていた。

「……昼前か……」

携帯電話を見つけて、時刻を確認する。水没したものの、無事だったらしい。

「うわ、圏外……」

アンテナが立っていなかった。

これだけ山奥なら、仕方ないのかもしれない。高台から村を見下ろした時も、電波塔が見当たらなかった。

どこか電波が入るところを探そう。褒名は布団を出て、襖まで四つん這《ば》いで進むと、音を立てないようにそろりと襖を引いた。

「……すげ……」

襖の向こうは、縁側になっていた。

それも、黒一色。艶光る黒瓦《くろがわら》、黒塗りされた板張りの廊下、黒塀、黒土、黒石と黒松の庭、黒漆で塗られた家具、調度品。家屋から庭先に至るまで、黒と名のつくもので埋め尽くされている。

まるで、黒屋敷だ。

「御槌さぁーん」

呼んでみたが、おとないがない。

携帯電話を握りしめて、褒名は廊下に出た。

人様の家をうろつくのは好ましくないが、このまま部屋でじっとしているのもなんだか不安だ。この村は、何か少し褒名の知っている世界とは異なる。

生きている雰囲気が違う。

真っ黒のお屋敷は、人の気配がない。しんと静まり返っていて、無音が頭に響く。

「どこだったら電波入るかな」

携帯電話をあちこちにかざしてみるが、電波を受信しない。

縁側に置いてあった草履を借りて、庭先に出る。うろうろと歩いて回るうちに、勝手口を見つけた。使用人や御用聞きが出入りするのだろう。鍵は開いていて、自由に出入りできるようだ。勝手口とはいっても、大きな家の玄関戸くらいはある。木製のそれを横に引き、屋敷の外へ出た。

畦道《あぜみち》があった。

田と畑と、生い茂る草花。夏の虫。緑と太陽のにおいがする田園風景。

こういうのは嫌いじゃない。好きだ。のどかで、落ち着いていて、ゆったりと時間が進む。こういう場所でこそ日々を営みたい。だからこそ、コンビニで雑誌を立ち読みした時、この場所に心引かれたのだ。

ここは、村の裏山になるのだろう。初日に通った辺りが表通りで、市場が立ち、人通りや家屋も多かった。対照的に、この辺りは自然風景ばかりが目立つ。

小川のほとりで、子供たちが遊んでいた。皆、涼しげな着物を着せられて、裸足で草叢《くさむら》を駆けている。魚を獲り、茱萸《ぐみ》を食べ、虫を捕まえる姿は微笑ましい。

「うわぁ！」

土手を歩く褒名と目が合った子供が、驚いて後ろに飛び跳ねた。

「ひとのにおい！」

「若様の黒屋敷から出てきよった！」

「逃げろ！　逃げろ！」

「……あ、いや、あの……」

褒名が話しかける前に、子供たちは転げるように走って逃げていく。ほんの一瞬、その子供の頭に何かが見えた気がしたが、瞬きをして、目を開いた瞬間には何もなかった。

狐につままれたようだ。その場に一人取り残され、ぽかんと立ち尽くす。

「……帰るか……」

帰って、服を着替えて、荷物を持って、元の旅行行程へ戻ろう。予定外にこの村へお邪魔してしまったが、どうにも不思議だ。あまり長居しないほうがいい気がする。

この村の雰囲気は好きだが、どこか薄気味悪い。

「……っ⁉」

びょぉ！　と大風が褒名の周囲で吹いた。

一陣の風が、吹き抜ける。草花は大きく舞い上がり、木々はざわめく。小川の水面が波打ち、ばしゃ、と水飛沫《みずしぶき》を上げた。

「……痛、っ……」

痛い、と思った瞬間には、地面に尻餅《しりもち》をついていた。

浴衣から覗く右太腿《ふともも》が、ぱっくりと裂けていた。まるで鎌《かま》で斬《き》られたかのように、見事に肉が開いている。その見た目の割に、流れる血はひと筋だけだ。

「な、んだ……？」

周囲を見回すが、大きな変化はない。

花びらや草の切れ端が天高くから舞い散り、はらはらと降り注ぐ。小川の水は、何事もなかったかのようにさらさらと流れを取り戻し、竜鱗《りゅうりん》の波紋を描く。

「……！」

安心したのも束《つか》の間、再び風が吹き上げた。

褒名は目を瞑ってやり過ごす。

「それに手を出すは、信太の御槌の許可を得よ！」

「……!?」

強い力で肩を摑まれた。

広い懐の内側で守るように抱き込まれる。

まるで褒名を庇《かば》い立て、外界から隠すように頭を抱き、ぴたりと寄り添う。

「御槌さん？」

「あぁ」

褒名の問いに、御槌は短く応《こた》えた。

「これは信太の若様！」

「黒屋敷の若様！」

「跡取り惣領《そうりょう》様！」

三つの声が聞こえた。

褒名には、どこから声が聞こえているのか分からない。

「足元だ」

「…………」

御槌に言われて、そぅっと足元に視線を落とす。

そこには、イタチが三匹、行儀よく並んでいた。一匹は俊敏そうな体躯《たいく》、一匹は鋭い爪《つめ》を持ち、一匹は爪先がつるりと軟膏のようなものでぬめっている。

「声が、でも……イタチは……喋らない、です」

「イタチは喋るものだ」

「……？」

「あまりこれを驚かせてくれるな」

状況把握のできない褒名を置いて、御槌はイタチに言い聞かせた。

齢《よわい》三十ほどのいい年をした男前が、イタチを相手に懇々と言い聞かせる姿はシュールだ。イタチも利口なのか、何かしら心得ているのか、御槌の言動に、ふんふん、と首を縦にしている。

「若様の庇護にあるということは、これは若様の嫁御か！」

「さようだ」

「これはこれは失礼した！　我が一族、信州、奥州、越州の奥の奥、最果てまで広め伝えよう！　ただちに祝いの品を届けよう！」

「気が早い。こちらから改めて文を出すまで控えるがよい」

「照れおるか！」

「否」

「ひゃはは！」

笑ってイタチが消えた。

正しくは、消えたのではなく、目視では追えない速さで草叢を駆けていったのだ。

「………」

目をぱちくりする。

今、明らかにイタチが人間の言葉を話していた。だが、それで普通だと御槌が言うから、褒名は、真横になるまで自分の首を傾げ、眉間《みけん》に皺《しわ》を寄せる。

「一人で出歩くな」

「………」

「おい」

ぱちん、と褒名の面前で両手を叩く。

「うぁっ……は、ぃ！」

ぼんやりしていた焦点を、御槌に合わせた。

「聞け」

「はい」

「獣はお前を狙っている。あれはからかい半分で近寄ってきただけだが、大狼はそうもいかない。あれは我々を獲って喰《く》う」

「……はぁ」

そう言われても、危機感もなければ実感もない。

もしかしたら、この村では災厄や害獣をそういうふうに喩《たと》えるのかもしれない。どちらかと言えば好意的見解から、褒名はそんなふうに考えた。

「村の外へ出るな。……いや、屋敷を出るな。お前は自衛できない。外へ行けば行くほど、矛と盾の効力は薄れる。俺の力はくれてやったが、所詮は熱を冷ますか、居場所を知る程度だ。お前への加護には足りない」

「……？」

なんだか不思議だな、この村も、この人も、言ってることがちっとも分からない。

「怪我《けが》は足だけか？」

「……はい」

「座れ」

返事を聞く前に、御槌は、褒名を岩場に座らせる。躊躇《ためら》うことなくその足元へ跪《ひざまず》き、褒名の右足を手に取った。

「……っ」

血の滲《にじ》むそこに、御槌の唇が触れる。

びくりと震える褒名に、御槌は視線だけで笑う。

「……はな、して、ください……」

ねろり。蝸牛《かたつむり》が這うように、舌が這う。

熱く、ぬるく、湿る。太腿に指が食い込むほど強い力で押さえ込まれ、傷口の肉に触れる舌で丹念に舐《な》めとられる。乾き始めの血液が濡れて、唾液を含んで薄く拡《ひろ》がる。

ぎゅう、と御槌の着物を握りしめた。広い背を引き剝《は》がそうと、指先に力を込める。

「非力だな」

「い、たい、です……」

じゅわりと唾液がしみる。痛いと訴えているのにやめてくれない。傷口の周囲を甘噛《あまが》みされる。八重歯が発達しているのか、ちくり、と肉に食い込む。

自由な左足で、じゃり、ざり、と砂地を踏みしめた。

「腰が引けている」

「……ぅ、ぁ」

強引に手前に引き戻される。

乱れた浴衣の裾から手指を忍ばされ、するりと内腿を逆撫《さかな》でされた。そこは弱い。脊髄《せきずい》反射で、足が跳ねる。そのくせ、温かい御槌の手は、どこまでも気持ち良い。

そこで気づいた。

下着を穿かせてもらっていない。

慌てて、両手で着物の裾を手繰り寄せる。男相手に見られても恥ずかしくないが、この男には見せられないと思った。

羞恥《しゅうち》が勝ったのかもしれない。

見せてしまえば、食べられてしまうと咄嗟に判断したのかもしれない。

「貞淑だな」

「も、勘弁してください……」

目尻を朱に染めて、薄く涙を滲ませる。

恐怖からではなく、戸惑いからくるものだ。狼狽が、その黒い瞳に色濃く浮かんでいる。

「ヒトの相手はつまらん。貴様にこれ以上くれてやるものか」

ぎゅっと目を瞑った褒名の目尻に、唇を落とす。

「…………」

驚いて、両目を見開いた。

言葉と裏腹に、優しい唇だったから、声も出なかった。

「着崩れを正せ。待ってやる」

立ち上がり、乱れた褒名の浴衣を指し示す。

「…………」

「浴衣だ」

「…………」

「早くしろ」

「……あの」

「なんだ」

「御槌さん」

「だから、なんだと言っている」

「直し方が、分からない、です」

「……このっ」

「すみません、すみませんっ!!　すみ、ま……」

「なぜそんなこともできんのだ。そんなことで、今までどうしていた。誰かに、っ……やらせていたのか」

「あ、の、ごめんなさい、すみません……」

「うるさい、口を閉じろ」

鬼のような仏頂面で、褒名の着物を着付け直す。

色白の褒名によく似合う柄だ。腹回りが痩《や》せているせいで、布地が余っている。

これ用に、もう少し身幅を変えて誂《あつら》えたほうがよさそうだ……と考えているが、そんなことは噯《おくび》にも出さない。

「立て、行くぞ……いや、いい、そのままそこにいろ」

「……はい？」

立てと言われたり、待てと言われたり忙しい。

「両腕を前に出せ」

「はい」

言われた通りにすると、するりと両脇に御槌の腕が入り、抱き上げられた。爪先《つまさき》が浮いて、あっという間に腕の中に落ちる。

「どうせ腰が抜けて立たんと言うのだろう。面倒だ。運んでやる」

「…………」

「どうした、黙り込むな。これが不服と言うなら、髪を掴んで地面を引きずるぞ」

「……だっこだ」

「なに？」

「だっこ、してもらってる」

「……なんだ、気持ちの悪い」

御槌は怪訝《けげん》な表情を向けた。

褒名は瞳をキラキラさせて、にこにこしたり、はにかんだり、幼子《おさなご》がするように、くすぐったげな仕種で頬をゆるませる。

御槌に、初めて笑い顔を見せた。

褒名は、自分を持ち上げている御槌の腕を物珍しそうに見やり、恐る恐るその手に触れては、「ふわぁ……」と感嘆の声を上げる。終《しま》いには、宙に浮いた自分の足をぱたぱたさせて遊び始める始末だ。

「暴れるな」

「怒られた」

「怒られて嬉しそうにするな。歩くぞ、摑まれ」

「はい」

きゅ、と首に両腕を回し、ぴったりとくっつく。

御槌は、ゆるりとした足取りで黒屋敷までの道を戻った。褒名に歩く振動が伝わらないよう、しっかりと腰を抱く。その大きな手は力強く、頼り甲斐《がい》がある。

褒名は、御槌の長い髪に指を絡ませた。

「髪で遊ぶな」

「はぁい」

くすくす、微笑む。

「何が楽しい」

「髪の毛、やっと触れました」

「そんなものに触れてどうする」

「触ってみたかったんです。一回目は怒られたから」

「なぜだ」

「気持ち良さそうだから」

「………」

「御槌さん、御槌さん」

「なんだ」

「俺ね、だっこしてもらうの初めてです」

「……なぜだ？」

御槌が、少し間を置いて尋ねてきた。

御槌でさえ、父母に抱かれた記憶がある。

「俺ね、両親も親戚もいないんです。育った施設だと、一人をだっこすると他の子もねだり始めて、僕も、私も……ってなるんで、施設の人はだっこしてくれなかったんです。皆を平等に扱わないといけないから」

だから、初めてのだっこ。

「そうか」

「十九にもなってこんなことで喜んで恥ずかしいですよね……すみません」

「いいや」

「………ありがとうございます」

ぎゅう、とくっついた。

顔を見られないように、くっついた。

「お前は顔を隠しても首まで赤くなるから無駄だ」

「………」

ねぇねぇ、御槌さん、聞いて。

俺は、自分の首が赤くなることも、だっこがこんなに幸せなのも、そんなことも知らなかったんですよ。

俺ね、熱がある時に苺を食べさせてもらったのも、つきっきりで看病してもらったのも、誰かが心配して俺を探してくれて、あんなふうに抱きしめてもらったのも、なんの見返りもなく守ってもらったのも、全部、初めてなんですよ。

そういうのって、とっても嬉しいんですね。

俺、初めて知りました。

＊＊＊

御槌の朝は早い。

鶏が鳴く時分には、もう床を上げている。寝起きする部屋が違うので正確な時間は分からないが、しゅるりしゅるりとわずかに漏れ聞こえる衣擦《きぬず》れだけで、身支度を整えているのだと知れる。

褒名はというと、朝は寝汚いほうだ。いつまでも、だらだら、うだうだと布団の中で過ごす。これも、施設にいた時の反動だと自分なりに解釈していた。施設で集団生活をしていれば、いやでも時間を守る必要がある。寝過ごしたらそのまま起こしてもらえず、朝食を食いっぱぐれる。

「………………」

もぞもぞと布団から這い出し、御槌を探す。

携帯電話の充電を温存する為《ため》に、腕時計で時刻を確認する。まだ午前六時過ぎだ。

廊下に出ると、美味しい匂いが鼻先をかすめた。

「白いご飯の……炊きたての、におい……」

ふらふらと誘われるように、においのもとへ歩く。

縁側の廊下を渡り切り、幾つか角を折れ曲がり、中庭を囲む長い回廊を経て、ようやくお勝手に辿り着いた。

古めかしい台所だ。土間という単語がしっくりくる。白米を炊く釜《かま》や、水瓶《みずがめ》が並び、薪《まき》をくべて火を起こし、鉄鍋《てつなべ》で煮炊きをする。編み籠《かご》には、採れたての泥つき野菜がある。丈夫で大きな水屋、米櫃《こめびつ》、まな板、包丁、時代劇で見たような道具ばかりだ。

御槌は、台所に立っていた。着物をたすき掛けにして、七輪で魚を焼いている。

「おはよう、ございます」

「隣の部屋にいろ」

目も合わさず、指示される。

褒名が来た廊下とはまた異なる廊下の先に、もう一室ある。

その部屋をちらりと覗くと、朝食の支度が整っていた。

黒漆と螺鈿《らでん》細工の食卓には、茶碗《ちゃわん》と湯呑み、小皿がそれぞれ二皿ずつ伏せられている。

蓋付き小鉢は、漬け物だ。梅干し、奈良漬、沢庵、白菜が入っていた。

おとなしく座布団に座って待つのも心苦しく、ちら、と御槌を見やる。

「あの、何か手伝うことは……」

「持っていけ」

「はい」

皿に盛りつけられた焼魚を渡される。

食卓にそれらを置いて、お勝手に戻ると、次は大根おろしのかかった卵焼きを渡された。ふわふわして美味しそうだ。ぼんやりする間もなく、胡瓜《きゅうり》と干し海老の酢の物、冷奴を差し出される。

「次はそれだ」

「はい」

ぱたぱたと部屋とお勝手を往復する。

常備菜の作り置きがあるようで、大鉢には、大豆と昆布の煮しめ、黒豆、ひじきの煮物、筑前《ちくぜん》煮、そしてなぜか油揚げがあった。

「それで最後だ」

「はい」

白米が入ったお櫃だ。

お櫃の置き場所に困っていると、御槌が鍋ごと味噌《みそ》汁を部屋へ運んできた。

「そこだ」

食卓の傍を指差す。

褒名がお櫃を置いた側に、御槌が腰を下ろした。

必然的に、褒名が反対側に落ち着く。

御槌は、無言でお櫃から白米をよそい、褒名に茶碗を渡す。よく蒸らされた、炊き立てのご飯だ。

「ありがとうございます」

「…………」

礼には応えず、御槌は、漆碗に木杓《きじゃく》で味噌汁をよそう。

「ありがとう、ございます」

味噌汁を受け取り、ぺこりと頭を下げる。

「食え」

御槌は両手を合わせて、食事を始めた。

「いただき、ます」

同じように手を合わせて、箸《はし》を持つ。

出汁《だし》の味がしっかりした、純和食だった。朝食を抜くこともある褒名には量が多かったが、会話もなく淡々と進む食事の中で、いつもよりたくさん食べられた。

御槌は、必要以上に褒名に話しかけてこない。食事中の会話と言えば、「お前は、顔が正直だな」「はい?」「なんでもない、食え」「はい」というよく分からない二往復だけだ。

食事が済むと、熱い茶で一服してから、裏の井戸で食器を洗い、片づける。

「若様、おはようございます」

背負子《しょいこ》を担いだ老婆が、裏口から顔を覗かせた。

「あぁ、おはよう」

褒名には返さなかった朝の挨拶を、老婆には返す。

「うちの畑で採れた初物でございます。どうぞ、お口汚しですが……」

切子のガラス鉢には、山盛りのさくらんぼだ。

「良い出来だと思うぞ」

その場でひとつ、ぱくん、とつまむ。

これもまた褒名には見せないような優しい物言いと、柔らかい物腰だ。

「…………」

井戸端に立ち尽くし、褒名は布巾《ふきん》で食器を拭いながらそれを眺めた。

「おい、お前も来てみろ」

「はい」

手招かれて、褒名は駆け足で近寄る。

「美味《うま》いぞ、食え」

「…………」

さくらんぼを差し出された。

目の前にぶら下がるそれに、ぱくんと食らいつき、ぷつ、と茎と実を唇で切り離す。

唇に、ほんの少しだけ御槌の指先が触れた。それに気づかないふりをして、甘く、やわらかな果肉を味わう。

「あれまぁ、嫁御様はお顔が正直なことで」

老婆は、皺くちゃの目尻により深い皺を刻み、微笑む。

「御槌さんにも同じこと言われました」

「嫁御様は、美味しいものを食べられた時、お顔がにこにことなさいます。このように愛らしゅうお召し上がりいただけましたらば、嬉しゅうございますなぁ」

はぁありがたやありがたや、と両手を合わされる。

「……ご馳走さまです」

よく分からない言葉もあったが、さくらんぼは美味しかったので礼を言った。

「馳走になる」

御槌も礼を言う。

老婆は深々と頭を下げて、帰っていった。

「片づけは俺がしておく。お前は食っていろ」

「…………」

ガラス鉢を両手で持たされる。

「美味かっただろう？　好きなだけ食え。お前は食が細い。初物は縁起が良いからな」

「あの……」

「なんだ？」

「片づけ、一緒にしますから……これも一緒に食べませんか？」

「……………分かった」

とても難しい顔で頷《うなず》き、二人で食事の片づけを再開した。

御槌は、村ではとても慕われているらしい。

その後も、ひっきりなしに誰かが訪ねてきた。

山菜や川魚を持ってきてくれる人がいたり、山で獲れた猪《しし》をお裾分けしてくれたり……。

小さな子供まで訪ねてきて、捕まえた虫や、河原で拾ったきれいな石を、得意げな表情で御槌に差し出していた。

御槌は、そのひとつひとつに丁寧に対応していた。ぶっきらぼうなところはあるが、刺々《とげとげ》しさはない。それを見ている褒名まで優しい気持ちになれるほどに、思いやりや、あたたかさが伝わってきたから……根はいい人なんだな、と思った。

来訪がひと段落すると、縁側に洗濯物を干す。それが終われば、部屋の掃除だ。広い屋敷だから、毎日、場所を決めていると説明された。そうして畳や玄関先を掃いているうちに、もう太陽が中天に昇っていた。

昼の用意も手伝おうとしたが、座っておけと言われた。

「…………」

そうもいかず、居心地の悪さに立ち竦む。

「俺に付き合って、朝からずっと立ちっぱなしだろう」

「……はぁ」

「病み上がりの身で、余計な気遣いは不要だ」

図星だ。大学やバイトに行かず、家に独りでいる時はそんなに動かない。洗濯も週に一回だし、掃除も月イチ、御槌のように朝からテキパキと家事をすることもない。それから、世話になっている身だからと、いつもより張り切ったところもある。

「座って待て」

「……すみません」

ぺこりと頭を下げて、朝食と同じ食卓で待った。

見ていないようで見ているんだな、と思った。

褒名が御槌を見ていたように、その逆もあったらしい。

昼食は、朝にもらった山菜で作った掻《か》き揚げうどん、鮎《あゆ》の南蛮漬け、そして常備菜と漬物と白米、油揚げだった。

食後は、朝食の後と同じように一服してから、片づけをした。

朝からずっと見ていて分かったことは、御槌はこの屋敷で一人暮らしをしているということ。何から何まで全て自分でこなすが、どこかへ働きに出る気配はないということ。

「出かけるぞ」

腹いっぱいになって畳に寝転がっていると、御槌が声をかけてくれた。

「どこに行くんですか？」

「買い物だ。……まぁ、お前の具合次第だが、……どうだ？」

「大丈夫です。行きます」

体調は万全だし、怪我をした右足は歩くにも支障がない。御槌が大仰にして包帯を巻いてくれたが、自宅にいたなら放置する程度の傷だ。

「では、支度をしろ」

「……？」

「間抜け面をするな」

支度ってなぁに？　と小首を傾げる褒名に、嘆息する。

「あ、服！」

朝からずっと寝間着代わりの浴衣だ。

「着物は出しておいた。だが、まず寝癖をなんとかしろ」

「……あ」

てしてし、と手の平で髪を撫でつけた。

到底、そのくらいでどうにかなる寝癖ではなかったが、にへ、と笑って誤魔化《ごまか》した。

御槌は何も言わずに眉間に皺を寄せ、ぐちゃぐちゃの着物を着せ直してくれた。

二人そろって黒屋敷を出て、村の中心部へ向かう。

大通りは大変な盛況ぶりで、道の左右には大店が軒を連ね、脇道を一本逸れるごとに、あの祭りの日に似た小商いの店が所狭しと店を広げる。

「村の中央には、市が立つ。ちょうど高台の真下だ」

「はい」

説明を受けながら、御槌の隣に並んで歩く。

「物価相場を覚えろ。大抵は自給自足で賄うが、不足があれば市で補う。休みは盆と正月。仕舞いの時間はその日の客の入り次第だ」

「皆、働き者なんですね」

「そうだな。……味噌、塩、醤油《しょうゆ》、酒、砂糖の類は、月に数度、御用聞きが来る。酒屋は週に一度に増やしても構わない。市で仕入れずとも、注文をつければ運んでくる」

「便利ですね」

「お前は今までどうしていた？」

「一人なんで、スーパーで買ってました。お米だと三か月以上もつんですよね、一キロで」

「スーパー……」

「……市場です。なんでもそろってる、でっかいやつ」

あれ、スーパーってもう日本語みたいに通じるんじゃなかったっけ？

「キロは知っているぞ、質量の単位だ」

「えっと……確か、一キロが、切り上げで〇・二七貫だったはずだから……」

「米一升がおよそ一・五キロ。うちでは三日ともたん」

「……御槌さん」

「なんだ」

「なんの話をしてましたっけ？」

「調味料と米の話だ」

「あぁ、そうだそうだ」

「おい、ここに寄るぞ」

「はい」

瀬戸物屋の暖簾をくぐる。

「あれ、これは若様。……おやま、そちらは迷狐の……」

店の女将《おかみ》がにこやかに御槌に微笑みかけ、褒名を見て目を丸くした。

「コレの食器がいる」

「あい。お好きな物を……」

「あぁ。……おい、好きなものを選べ」

「……え？」

食器を眺めていると、御槌に声をかけられた。

「お前の食器だ。欲しいものを選べ」

「……？」

「今、お前が使っているのは客用だ」

「でも、二週間で帰るんで、俺のは必要ないと思うんです」

「帰れるわけがない。早く選べ」

「……は、い」

こわい顔をされた。

これは、逆らわないほうがよさそうだ。

食器を探すフリをして、御槌から逃げた。

ちらりと横目で窺《うかが》うと、御槌は女将と茶器を鑑賞している。褒名には分からない趣味だ。

それに、好きな食器を選べと言われても困る。自分用なんて要《い》らないし、第一、貧乏旅行の予定だ。褒名はたいした持ち合わせもない。

「決まったか」

「……御槌さん」

「情けない声を出すな」

「お金、ないです」

「まぁ！　若様になんて失礼を！」

女将が声を上げる。

何が失礼なのか褒名には分からず、その剣幕にたじろぐ。

「金なら俺が持つ」

「……そういうわけには」

「早くしろ」

「たくさんありすぎて……」

選べない。

食器なんかなんでもいい。そんなの気にして生きてきたことがない。お気に入りもないし、家でもコンビニのプラスプーンだし、鍋で調理したらそのまま直食《じか》いをしていた。

選び方が分からない。早く選べと言われても気ばかり焦って、全部同じに見えてしまう。

「…………じゃあ、御槌さんと同じので」

ようやく思いついたのが、そんなことだった。

「女将、同じものを用意してやってくれ」

「夫婦《めおと》になさいます？　お色違いになさいます？」

女将は小箱を幾つか店先に出してくる。

「御槌さん」

「なんだ」

「そっちの、小さいほうがいい。御槌さんの大きいから、それと同じ大きさだとご飯余らせる。いっぱい食べられない。小さいほうがいい」

御槌と同じ色の小さいほうを指差す。

「では、湯呑みとお箸もそろいでご用意いたしましょう」

ふふ、と女将が微笑む。

「おい」

「はい」

御槌に呼ばれて、見上げる。

「お前、可愛げがあるな」

「……？」

意味が分からない。今の会話のどこに可愛げがあるというのだ。ただ、小さいほうの食器を選んだだけじゃないか。

「黒屋敷にお届けでよろしいんですか？」

「あぁ。それと、さっきの茶器も一緒に頼む」

「ありがとうございます」

女将に見送られて瀬戸物屋を出た。

「御槌さん、御槌さん」

「なんだ」

「お金……」

「金、金と言うな」

「でも……」

「………」

無言で睨みつけられる。

黙った。

「これはこれは黒屋敷の若様ではありませぬか！」

露天商が、声をかけてきた。

「あれほんに」

隣の団子屋の娘が頬を染める。

「……というこたぁ、隣にいるその細っこいのがあの迷狐か！」

「アンタ、迷狐じゃなくて嫁御様だよ！」

蕎麦《そば》屋の夫婦が暖簾越しに会釈をする。

褒名は立派な成人男子のつもりでいるが、この村にいると、よく迷子だと言われる。確かに、国道を二時間もうろついたのは事実だが、それほど道に迷ったわけではない。

「嫁御様、これ持ってきなされ」

団子屋の娘が、笹の葉にくるんだ団子を差し出す。

串《くし》に刺さった三食団子だ。桜の桃色、酒粕《さけかす》の白、よもぎの緑も淡くゆかしい風合だ。

「……………御槌さん」

「もらっておけ」

「ありがとうございます、いただきます」

ぺこん、と頭を下げた。

娘は純朴な笑みを浮かべるが、その後ろで団子屋の老主人が、「お口に合えばよろしいが……」とはらはらしていた。

「美味い」

もぐ……、とひとくち頬張る。

もちもちして、甘い。幾らでも次が入りそうだ。

「馳走になる」

御槌が団子屋の主人に声をかけ、娘に小銭を渡した。

褒名が見たことのない貨幣だった。

いよいよ、ここが現代文明社会とは隔絶しているのが確かになる。

この村は、確実に、褒名が育ってきた社会とは何かが少しずつズレている。

「あれまぁ、お代はいただけません」

「これが食っている分は有難く頂戴《ちょうだい》する。……それで土産《みやげ》に幾つか包んでくれ。ただし、適量だ。お前たちはすぐに俺を甘やかすからな」

ひと言そうして付け加えておかないと、食べきれない量を包まれる。厚意は有難いが、それでは彼らの商売が成り立たない。

「御槌さん、御槌さん」

「なんだ」

「はい。食べくさしでごめんなさい」

残り二色の団子を、御槌に差し出す。

「お前が食え」

「半分こ」

ずい、と御槌の口元へ差し出す。御槌は背が高いから、ぐっと腕を伸ばした。

「……………」

「さっき、御槌さんが食器を選べって言ったから俺は選びました。今度は俺の言うこと聞いてください」

「…………」

御槌は分かりやすい渋面を作る。

だが、褒名が譲らないと分かったのか、観念して団子に食らいついた。

「あれまぁ、仲睦《なかむつ》まじいこと」

「若様のこのようなお姿を拝見できるとはなぁ」

「長生きするもんじゃなぁ」

「嫁御様、これも持っていきなされ」

「うちの絹ごし豆腐、ご賞味あれ」

「嫁御様には可憐《かれん》な花が似合う」

「抜け駆けじゃ。嫁御様、こちらの反物はいかがか」

「干菓子はお好きか？　あられは？　金平糖は？」

あれよあれよという間に、あれもこれもと両手いっぱいに持たされる。

「そこまでだ。これをあまり甘やかすな」

困り果てていると、御槌が彼らを上手くあしらってくれた。褒名から荷を引き受け、福《ふく》良《ら》屋と看板を揚げた店に入る。次に出てきた時には荷物を持っていなかった。

「御槌さん？」

「あれは荷運び屋に頼んだ」

「……すみません」

「構わん」

御槌は慣れているのか、さくさくと先へ進んでいく。

一歩が大きいので、褒名は少し歩幅を拡げて歩いた。

「少し待て」

「はい」

ぴた、と一時停止する。

御槌は小間物屋に入り、ものの数分で出てきた。

「持っていろ」

「はい」

桐の箱が二つだ。

「それで寝癖を直せ。それから、朝は鏡くらい見ろ」

「……これは鏡、ですか？」

「櫛《くし》もだ。お前に選ばせると長いからな。勝手に選んだぞ」

「すみません」

桐箱の中には、柘植《つげ》櫛と手鏡が入っているらしい。

「おい」

「はい」

「お前、他の者が何かしたら笑うくせに、俺が何をしても謝るとはどういう了見だ」

「特に、意味合いはないです」

「……そうか」

「はい」

「嫁入り道具はまたそろえてやる。お前の好みで誂えるから、考えておけ。これは好きなだけ考えろ。一生物だ」

「これ以上は何もいらないです」

嫁入りとか、おかしい。

だが、深く突っ込むとややこしそうなので、それとなく流しておいた。どうせ二週間で帰るのだから、当たり障りなくやり過ごすのが良策だ。

「あいのこ」

対面から歩いてくる婦人とのすれ違いざまに、そう囁《ささや》かれた。

「……？」

くるりと振り返る。

なんのことだろう？

目が合うと、婦人は怯《おび》えた様子でそそくさと去っていく。

「おい」

「はい」

前を向くと、おっかない顔をした御槌がいた。

また何か怒らせてしまったのだろうか。

「歩け、遅れるな」

「はい」

より一層歩調の速くなる御槌の背を追う。

「……あいのこ」

また、聞こえた。

今度はどこからか分からない。

「人間臭《くそ》ぉて、かなわん」

「力も使えん半端者」

「あれが信太者とは、おささまもお優しいことで……」

あまり耳にしたくない種類の小声が増える。

笑顔いっぱいに「若様、若様」、「嫁御様、嫁御様……」と明るく話しかけてくれる反面、何かしら気持ちの良くない感情を向けられていることも、褒名には分かった。

そうして何かしら感づくたびに、御槌と視線が絡んだ。

だが、御槌は褒名を見ているわけではない。褒名が見ているものを、御槌も見ていた。ひそひそと陰口を叩く者を睨みつけていた。静かな怒りを孕んだ眼差しで。

褒名の代わりに怒ってくれている。

不器用だけど、優しい人だ。

「御槌さん、ケンカしないでくださいね」

「なぜそう思う」

「今にも殴りかかりそうな顔だからです」

「お前は、家族が馬鹿にされて黙っているほうか？」

「…………」

「すまん。困らせた」

家族のいない褒名には、酷な質問だった。

「いえ。家族同然だと思ってくれたんですから、その気持ちだけで充分です」

「すまん」

「御槌さんは悪くないです」

「いや、俺の言動も悪かった。使うべきではない言葉を使った」

「謝んないでください。大丈夫です。怒ってないです。怒るほどのことじゃないです。俺、そんなに沸点低くないですよ。生まれて一度も怒ったことないくらいです。……そりゃ、ちょっとは悲しくなりましたけど、傷ついてもないし、ヘコんでもない。大丈夫です。それより、楽しいこと考えましょう。俺、あんまり深く考えるのは得意じゃないんです。……ね？　御槌さん」

「…………」

「これ、大事にしますね」

ぎゅ、と桐の箱を抱きしめる。

初めて、自分だけの宝物ができた。

「……夕餉に……」

「はい！」

「何か食いたいものがあれば言え」

「御槌さんのご飯は全部美味しいです」

「そうか」

「はい」

「帰るぞ」

「え、でも……御槌さんの用は？」

村の中心を歩いただけで、御槌の用は満たしていない。

出かけると言い出したのは御槌なのだから、何か用事があったのではないだろうか。

そこまで考えて「あぁ、そうか……」と合点がいった。

御槌は、村を案内してくれたのだ。

「御槌さん」

「なんだ」

「ありがとうございます」

「礼を言われる筋合いはない」

「はい」

返事も、心なしか弾む。

素っ気ない言葉にも優しさがあると分かっているから。

黒屋敷に戻ると、たくさんの荷物が届いていた。

その日の夕飯は、とても豪勢になった。肉や魚、野菜。食後には甘味と抹茶。

褒名はひと口もらう程度に控えたが、御槌は濁り酒をちびちびやっていた。褒名の周りに酒を嗜《たしな》む大人がいなかったので、酒を呑む人の姿がなんだか格好よく見えた。

褒名は、買ってもらったばかりの食器で夕飯を食べた。そんなに興味がないつもりだったのに、やっぱり、自分だけの食器は、とても面映《おもは》ゆかった。

嬉しくて嬉しくて、絶対に割らないように、大事に大事に使おうと思った。

＊＊＊

黒屋敷は、敷地内に温泉が湧いている。

初日に放り投げられた温泉とは、また異なる。

そこを使うのは、御槌と褒名だけだ。

この温泉がまた極上で、病みつきになることこの上なし。時間が許す限り浸かっていたい。湯は、ふわふわほかほかとして、体中の力が抜け、気もゆるみ、心もゆるむ。

風呂から出ると、待ち構えていたように御槌が浴衣を着せてくれ、足の手当てもしてくれる。大仰なほどに巻かれた包帯に、自分が大事にされていると錯覚してしまう。

穏やかな時間がいつまでも流れる。

旅行日程からは随分とずれてしまったが、二週間、ここで世話になるのもいいかもしれない。

この村には、褒名の知る常識とは異なる不思議が罷《まか》り通っている。

だが、それらに目を瞑ってしまえるほど居心地が良い。

とにかく、居心地が良かった。

上げ膳《ぜん》据え膳で住環境が快適だからではなく、心が落ち着いた。

ずっと、ここにいたいと思った。もしかしたらここへ来る為に旅行に出たのかな……、もし自分に故郷があったらこういう場所なのかな……と、そう思ってしまう何かがあった。おたけに会えた偶然に、心から感謝した。

「ごめんくださぁい」

表玄関から、男の声で訪《おとな》いがあった。

客分の褒名だが、ここ数日でこの屋敷の来訪者数には耐性がついている。

時折、御槌は黒屋敷の奥へ籠《こも》っている時があった。そういう時、差し入れを持ってきた来訪者は裏へ回り、お勝手に野菜や肉を置いていく。まるで、国語の教科書で読んだ、ごんぎつね、のように。

「ごめんくださぁい」

その来訪者は、二度、声をかけた。

こういう時は、褒名が出ることにしていた。御槌もそれで構わないと言ってくれている。

「はい」

褒名が玄関先に出ると、三度笠《さんどがさ》の行商人が、三和土《たたき》に立っていた。

「これはこれは、お忙しい中、失礼をいたします」

「すみません、主人は取り込んでおりまして……」

来訪者へ正確に物事を伝える為に、褒名は、この屋敷の主人という意味で御槌をそう呼ぶことにしていた。

　なぜか、そう呼ぶと御槌は喜んだ。表情こそ変わらないが、見るからに上機嫌になるのだ。それこそ、犬が尻尾を振る錯覚が、御槌の影に見えてしまうほどに。

「御槌を主人って呼ぶってことは、アンタ、御槌の嫁か」

「いいえ、この家の客です」

「そうかいそうかい」

　行商人は、どかりと上がり框《がまち》に腰を下ろし、背中に背負っていた薬箱を置く。

「薬売り、ですか？」

「あぁ、いやいや。中身は色々だ」

「色々、ですか……」

「薬もあれば、まやかしもある。刀もあれば、鎧《よろい》もある。呪《まじな》いもあれば授けものもある。商売繁盛、御祈禱《ごきとう》、女性のお相手も男性のお相手も……なんでもいたしますよ？」

　男は、三度笠を脱ぎ、に、と薄い唇を吊り上げて笑う。

　これがまた、すこぶるきれいな男前だった。男臭さのある御槌とはまた異なり、しっかりと男なのに、驚くほど端整な顔立ちをしている。朱色の組紐で結んだ髪も、睫《まつげ》毛も、産毛もきらきらとまばゆい黄金色。軽薄な印象こそあれども、なよなよとした雰囲気はない。

　ちら、と褒名を見上げる瞳だけが、銀色をしていた。

「御槌は取り込み中かい？」

「はい。奥の間にいると思います」

「あぁ、大神退治か」

「……あの？」

「あぁ、俺のことは気にしなくていいよ。御槌の馴染《なじ》みだ」

「お友達ですか？」

「まぁ、そんなもんだな。……ネイエっていうんだ」

「褒名です。あの……もしかして、ネイエさんも信太の苗字ですか？」

「いや、俺ははぐれだ。信太のもんじゃない。ここは信太で生まれた者とその血縁が住む村だからな。褒名ちゃんもそうなんだろ？　おさが選んだ嫁を娶《めと》ったって、四国まで噂《うわさ》が聞こえてるってもんだ」

「四国ですか……？」

「あぁ。俺は四国からこっちへ戻ってきて、この後、北へ上がるんだよ。あちこちふらふら渡り歩いて、たまにここへ寄って、御槌の顔を拝んでやるんだ。……あいつ、相変わらずこわい顔してるか？」

「はい」

「ぜんっぜん笑わないだろ」

「はい」

「でも、上機嫌になると雰囲気で分かるだろ？」

「はい！」

「そうかそうか、相変わらず村の守護神やってるか」

「あの、御槌さんを呼んできます」

「いや、奥の間に行ったんなら時間もかかるだろうから、ここで待たせてもらうよ。……あぁ、大丈夫大丈夫、主人が不在の家に上がり込むような野暮はいたしませんよ？それより奥さん、足をお怪我なさっておいでで？」

「え、ぉ？　おく？　つま？　ごくつま？　怪我？」

どこからどうツッコむべきか分からず、最後の足の怪我にだけようやく反応できた。

「白いおみ足に痛々しい包帯。どれ、見せてごらんなさい」

「……ふぉ!?」

大きな手で、足を取られる。

廊下に、ころん、と仰向けにひっくり返され、剝《む》き出しの太腿から包帯を解かれる。

「あぁ、これは鎌鼬《かまいたち》の仕業だな。驚いただろ？」

「はい？」

「傷が残ると大変だ」

ネイエは薬箱を開けると、平べったい丸缶を取り出す。きゅ、とひねって蓋を開き、乳白色の軟膏を指先で掬《すく》い取るなり、褒名の肌で薄く伸ばす。

「あ、の……」

「すべすべ」

「……いや、そんなことは……」

「いい匂いするね。これは御槌も惚れちゃうわ。……はい、おしまい」

ちゅ、と足指の先に唇を落とされる。

「……っ」

「あ、可愛い」

「驚いただけです」

足を引っ込めて、乱れた裾を正す。

「ま、数日これを使いなよ。そしたら、あっという間に傷痕《きずあと》もなくなるからね」

「……いや、あの……」

握らされた丸缶を押し戻した。

「うん？」

「すみません、俺、金を持ってないんです。ですから、これは買えません。一回、使ってしまった後で申し訳ないですが」

「ああ、大丈夫大丈夫。御槌にツケとくから」

「いえ、手元に持ち合わせがないのではなく、この村で通用する貨幣を一銭も持っていないんです」

「……え!? お前、嫁さんに金とか持たせてないのっ!?」

褒名の背後へ向けて、ネイエが声を張った。

「……?」

振り返ると、御槌が立っていた。

こわい顔で。

いつから、そこに立っていたのだろう。

「一年ぶりの再会で、人の嫁に手を出すとはいい度胸だ」

低い声で、ネイエを脅しつける。

「何言ってんの。珠の肌に傷が残らないようにしただけじゃん。これ、かの高名な神農《しんのう》さんのお薬だよ?」

「薬には感謝するが、その後が余計だ」

「はいはい、ごめんなさいよ。男の嫉妬《しっと》は見苦しいよ? ……でも、薬代も渡してないっていうのはいただけないねぇ……褒名ちゃんが可哀想」

「褒名……ちゃん?」

御槌は、耳聡《みみざと》く聞き逃さない。

強面《こわもて》のこの男が、褒名をちゃん付けで呼ぶ姿はシュールだ。

「あ、初めて名前で呼ばれた……」

そこで、褒名は、初めて名前で呼ばれたことに気づいた。今までずっと、「おい」と呼ばれていたから、なんだか新鮮だ。

「褒名ちゃん、それほんと？　名前で呼ばれたことないの？　……なぁ、御槌……お前、どんだけ亭主関白で狭量なんだよ。もっと懐の広い男だと思ってたのに……」

「少し口を閉じろ。……当分はいるんだろう？」

「あぁ、そのつもりにしてる。本当は、祭りにあわせて帰ってくるつもりだったんだけどさ、道中、大神に邪魔されてさぁ……もうほんと山越え谷越え難儀だったよ」

やれやれといったふうに、ネイエは脚絆《きゃはん》を脱ぎ始める。

「褒名、これはネイエといって、俺の馴染みのようなものだ」

「はい」

「数日、ここで寝泊まりする」

「はい。……あ、足、洗いますよね。持ってきます」

褒名は立ち上がり、風呂場へ向かった。

「褒名、水なら井戸が近い」

「あ、その……温泉のほうがあったかいので……」

長く旅をしてきたなら、温かい湯で脚を洗いたいだろう。その後で、さっぱり水で流せば完璧《かんぺき》だ。すぐにとってきます、と褒名は温泉の湧く風呂場へ向かう。

「うわぁ……気配り上手さん。俺もあんな嫁さん欲しー」

褒名の後ろ姿に、拍手を送る。

「不憫《ふびん》だな」

「俺が？」

「アレだ」

「褒名ちゃん？　なんで？」

「あれは、自分の傷も自分で治せん」

「……え、マジで？」

「ネイエ……お前、その世俗の言葉遣いはなんとかならんのか」

「いいじゃん。楽しいよ、人間世界。褒名ちゃんの暮らしてた世界だから、お前もちょっとは知っておいたら？」

「余計な世話だ」

「はいはい。それで、褒名ちゃんて……使えないの？」

「使えん」

「あらま」

「使い方を知らん云々《うんぬん》の前に、使えることを知らん。使っている血縁が周りにいなかったのだから当然と言えば当然だろうが」

「大神に狙われたら大変だよ」

「唾つけられている」

「いっ⁉」

「この村に来るまでの間だ。おたけが見つけなければ、巣穴に誘われて喰われていたな」

「あぶなっかしい子だなー……」

「故に、あれには一人で外出もさせんし、買い物をさせるようなこともしない。従って、金も必要ない」

「いやいや、それは極論でしょ」

「必要ない。欲しければ俺にねだればいいだけの話だ」

「そういうもんじゃないって。お前、嫁さん家に閉じ込めとく気？」

「………」

「うわぁ、ないわー……」

黙って頷く御槌に、ネイエは引き気味だ。

「俺の嫁だ」

「お前のそういう独善的なとこ、知らないうちに人を追い詰めるから気をつけなよー」

「そんなことはない」

「……って、そうやって決めつけてるのが独善的なんだよ」

ネイエはわざとらしく肩を竦めた。

この男は、昔から自分が一番正しい。自分が一番強い。それを体現する男。

こんな男では、褒名はこれから先、さぞや苦労するだろう。

それは、ネイエにも分かった。

＊＊＊

御槌とネイエは酒盛りをしている。

最初のうちこそ、褒名も付き合っていたが、ザルの二人と同じペースでは肝臓を壊すと早い段階で気づき、早々に部屋へ引き上げた。

二人は夕方からずっと、肉や魚、油揚げとともに、酒をかっ喰らっている。

御槌は静かに呑むが、ネイエは賑やかだ。

たった一人の登場で、ひっそりとした黒屋敷が、とても明るくなった。快活なネイエは、よく笑い、よく気がつく。褒名にも何くれとなく話しかけてくれてくれる。

御槌と二人でいると、短い会話こそあれども、長く続くことはない。間にネイエが入ることによって、ひとつの話題が終わっても、そこで途切れることなく幾らでも続く。

御槌も、褒名といるよりは口数も多く、砕けた口調に変わっていた。本来の御槌には、こういう一面もあるのだろう。

「褒名ちゃーん、一緒に呑まないのー？」

からり、と襖を開けて、ネイエが顔を覗かせた。

風呂に入ってこざっぱりしたネイエは、御槌の着物を借りて寛《くつろ》いだ格好だ。背丈も御槌より少し低いくらいなので、余りもない。夜になると、銀の瞳が光度を増し、きらきらと異彩を放つ。

「もう充分呑みましたよ」

「まだ宵の口だよー？」

「御槌さんとは、一年ぶりに会うんですよね？」

「うん、そうだよ」

「二人で旧交をあったためてください」

部外者がいると、積もる話もできないだろう。

「褒名ちゃんって遠慮しい？」

「いいえ、肝臓が大事なだけです。ネイエさんは気遣い屋さんですね」

「そうかな？　ションベンついでだよ？」

「そうやって寄り道して、様子を見に来てくれるのが優しい証拠です」

「……ところで、褒名ちゃん、何してるの？」

「縫い物です」

蠟燭の灯りの下で、針と糸を使っていた。

御槌が着ている羽織だ。糸が解けていたので、裁縫道具を借りてほつれをかがっている。

御槌は、掃除も炊事も洗濯も得意だが、縫い物だけは苦手らしい。ちまちまとちくちくするのが性に合わないそうだ。仕立て上がった着物のしつけ糸をとることさえ煩わしいのだと言う。

幸いにも、褒名は家庭科程度のことはできる。それ以外に、たいして家事を手伝っていないのだからと、暇のある時に針仕事を買って出ていた。

「旦那《だんな》の着物に、ひと針ひと針、心を込める……できた嫁だ」

「家でも一人ですからね。釦《ボタン》つけくらいなら自分でしますよ」

「家族いないんだっけ？」

「はい」

「どうなの？」

「家族がいないことですか？　普通ですよ。こういうもんです」

「家族、つくる気はないの？」

「そりゃ、将来的には結婚したらそうなるかもしれません。……想像したこともないですけど」

「結婚してないの？」

「結婚してないですよ」

「はい？　……え、やってないの？」

「やってないですよ」

「じゃ、ちょっと待って……、毎日どんな感じなの？　子供は？　まだ新婚生活味わってるだけ？」

「旅行を楽しんでるだけです」

「毎日どこで寝てんの？」

「この客間を借りています」

「あのさ、突っ込んだこと聞くけど……御槌と上手くいってないの？」

「良くしていただいてます」

「いや、そうじゃなくて…………だってさ、ほら……えぇっと、さっきメシ食ってる時も思ったんだけどさ……、褒名ちゃんと御槌って……会話、少なくない？」

言いにくそうに、ネイエは指摘する。

「………」

　それは図星だ。

　何を話していいか分からない。二人でいると、沈黙が訪れる。第三者からの話題や、ネタ提供がなければ、二人で会話ができない。

「御槌の趣味とか、好物とか……知ってる？」

「いいえ」

「その逆は？　御槌は、褒名ちゃんのこと何か知ってる？」

「さぁ……」

「余計なお節介かもしれないけど……大丈夫？」

「大丈夫ですよ。知らなくていいことですから」

「そんな他人行儀な」

「他人ですから。……勿論、御槌さんは良い人です。ここで世話になり始めて四、五日経ちますが、充分、良くしていただいています」

「……いや、なんていうか、その、そういうのじゃなくて……二人で、こう、話し合ったりとか……」

「何を話すんですか？」

「今後のこととか……ねぇ、本当に将来のこととか話し合ってないの？　けっこう大事なことだよ？」

「自分で決めますよ」

「二人のことなのにっ⁉」

「いえ、俺の将来ですから」

「あれっ⁉　なんか話が噛み合ってないっ⁉」

「俺もそんな気がするんですが、とにかく、俺は二週間で帰りますし、ここで嫁さんもらうつもりもありません」

「いや、褒名ちゃんが嫁さんをもらうんじゃなくて、褒名ちゃんが嫁ちゃんになるっていう話のはずなんだけどなっ⁉」

「嫁ちゃんにはなりませんよ」

「えっ⁉　そうなの⁉」

「はい」

「で、でも……嫁さんに……」

「俺は結婚していませんし、嫁も子供もいません。家も市内にありますし、学校にも通っています。バイトもあります。生活もかかってますし、旅行は二週間だけです」

「旅行……」

「はい」

「それ、ちゃんと御槌に言った？」

「いいえ。ややこしそうなので、言っていません。二週間したら礼を言って帰ります。家に帰ったら、礼状とお菓子を送るつもりです。そういうのが社会ルールですよね？」

「俺が言うのもなんだけど、御槌には、ちゃんとその考えを伝えておいたほうがいいよ。あいつ、怒るとこわいから」

「大丈夫ですよ」

「………」

あぁ、分かってない。

御槌の本当のこわさを分かっていない。

御槌がキレたら、こんなぼんやりした子、一瞬で壊される。

「結婚云々はおいとくとしても……不思議なんだよなぁ……」

「何がですか？」

「褒名ちゃんから、ちゃんと御槌のにおいがするんだよね……ねぇ、中に種はつけられてないの？」

「……種？」

「腹に」

ぐ、と大きな手で、褒名の下腹を押す。

そこは、ちょうど、ぐるぐると熱を持つような場所だ。時折、忘れた頃に、偶然、触れ合ってしまったかのように唇を奪われる。そうして御槌にキスされた後は、いつもそこが疼く。

「あれ、入ってない……？」

「あ、の……ネイエさん……」

下腹を撫で回され、ゆるく圧迫される。

その重怠い感覚に、既視感を覚える。あの時の、あの感覚。ここが自宅だったら、自慰を始めてしまうような、あの疼き。

熱っぽさに耐え切れず、ぎゅ、とネイエの着物を摑んだ。

「……あ、褒名ちゃんって、ほとんど同胞と暮らしたことないんだっけ？　ごめんごめん、免疫ないんだよね？」

「……っ、ふ……」

息が荒くなる。

いやだ、この感覚。

理性と感情が乖離《かいり》したようになる。

「首まで真っ赤」

ネイエは、に、と薄い唇で笑った。

蠟燭の灯りで、褒名の白い肌が艶を増す。とっくり拝んでやろうと長い髪を掻き上げれば、ネイエのそれが首筋を擽る。そのかすかな刺激で褒名の喉がひくりと攣《つ》り、まるで助けを求めるような仕種《しぐさ》で襖の向こうへ視線を流す。

助けてなんかあげない。耳元でそう囁きたくなるのを、ネイエはぐっとこらえた。

それは、御槌の役目だ。

「腹の中に、ちょっとだけ御槌が残ってる感じもするんだけど……種付けじゃないよなぁ……上からもらった？」

ちょん、と唇に唇が触れる。

「……は、ふ」

何をされたかも分からぬまま、こくんと首を縦にした。

御槌といい、ネイエといい、男女見境なく唇を重ねてくる。

「なんだ、お手付き前か」

褒名の細い肩を摑み、いともたやすく押し倒す。

「……？」

褒名は、圧《の》しかかってくるネイエを見上げた。きらきらときれいな人が、悪戯《いたずら》っぽく笑っている。針を握ったままだから、ネイエを刺さないようにしないといけない。

「脚の傷、薄くなってきたね」

「……っ」

「お、敏感。腰が跳ねた」

「……ネイエ、さん……」

「んー……？」

「熱い、です」

「耐性つけたほうがいいよ？　俺相手でこんなことになってたら、御槌なんかもっと大変なんだから」

「……御槌、さん？」

「そう、褒名ちゃんの旦那様」

「後ろに、います」

「うん？　知ってるよー」

背後で、御槌が仁王立ちしていた。

知っていて、褒名にちょっかいをかけていたらしい。

「ネイエ」

腹の奥に響くような、低く、重い声。

「はいはい。もー怒んないでよ。ちょっと確かめただけじゃん」

諸手を挙げて、あっさりと褒名の上から退《ど》いた。

「おい、こっちへ来い」

「………は、ぃ」

返事をしたものの腰が抜けたのかして、ほうほうの体で御槌の足元まで這う。

「あら、可哀想なことしちゃった」

ネイエはちっとも悪びれないどころか、どこか得意気だ。

「早くしろ」

そう言いながらも、御槌は褒名を抱き上げた。

「……すみません、なん、か……くらくら、します……」

二回目のだっこだ。なのに、目の前がくるくる廻《まわ》って、喜ぶに喜べない。御槌の腕の中で、くた、と全身を預ける。

深く息を吸い、吐き、安堵を得る間もなく、御槌の手が顎先を掴み、上を向かされた。

「……ん、ぅ」

唇が重なった。いつもならほんの一瞬で終わる。唾液を飲まされて、おしまい。

唾液を飲むと、くらくらするのがおさまる。その代わり、体内を流れた順に下腹へかけてぐずぐずと疼くが、起き上がれないような眩暈《めまい》や熱っぽさよりはマシだ。悪い感じはしないし、体の中があったまって、気持ちが良い。

「ぁ……ぅ、……ぅ、う……ん、っン！」

いつもはそうだから、と気を抜いたらこれだ。

今日は、息苦しい。いつもより深い。離してくれない。髪を摑み、抵抗を示すが、それを察してくれても、受け入れてはくれない。

「み、づちさ……くる、し……」

顔を背けて逃げる。摑まれた顎が痛い。力が強い。薄く開いた唇の奥に、舌が滑り込んでくる。ぬるりと滑《ぬめ》る舌に絡め取られ、唾液が滴る。

「……んっ、ンんっ、ン……！」

どん、と胸を叩く。

幾らそうしても、御槌はびくともしない。それどころか、悪さをするなと舌を嚙まれた。痛みに怯えた体を撫でられ、ひゅっ……と息を吞む。途端に、酸素と一緒に唾液が胃の腑《ふ》へ流れ込んできた。

「……んぁ、ぷ」

「暴れるな」

「……も、はな、し……」

離して欲しい。

もう限界だ。

熱い。我慢できない。漏れる。

「み、ぅ、ち……さ……っも、がまん、むり……」

「よそ見をするな」

「おねが、し、ま……よそみ、しない、から……や、めっ」

「自衛しろ」

よそのオスに種をつけられる前に、犯すぞ。こっちは遠慮してやっているんだ。ふらふらと余所見《よそみ》するなら、手をつけるぞ。

「ひ、っ……ン!」

腰に回されていた腕が、するりと褒名の内腿を撫でた。

「……?」

甲高い喘《あえ》ぎに、御槌が怪訝な眼差しを向ける。

「なに、今のいい声?」

にやにやと二人を鑑賞していたネイエが、覗き込む。

「……ひっ、ぅ」

御槌の懐で、ぎゅう、と体を縮こまらせた。

浴衣の前がじわじわと水気を吸い、色を変える。その布の湿りが御槌にも伝わったのか、独特の臭気も手伝い、視線がそこへ集中した。

「……見、るな、っ……やだ、見るな……」

身を捩《よじ》ると、浴衣の内側で、くちゅ、と濡れた音がする。

内腿から白濁が伝い、ぱたぱた、と畳に落ちる。

羞恥に耐え切れず、褒名は奥歯を噛みしめた。

「あらら、粗相しちゃったの」

ネイエは、ご馳走さまです、と手を合わせて拝む。

「………」

御槌は何も言わないが、満足そうだ。

軽々と褒名を片手で抱え直し、もう片方の手で内腿の精液を掬い取り、舐める。

「……っ！」

褒名は、ぱちん、と御槌の頬を叩いた。

「うわ」

両手で口元を覆い、ネイエが小さな悲鳴を上げる。

「………」

御槌は、まっすぐ褒名を見据える。

「やめてください……って言いました」

「それで？」

「人前でなんてことするんですか……」

「お前が悪い」

「離してください」

「断る」

「…………」

じっとまっすぐ御槌を睨み据える。

「おい」

「…………」

いつもなら、はい、と応えるところだが、返事はしなかった。

「お前もしかして怒っているのか？」

「当たり前です」

「何に怒るんだ」

「やめてくれなかったことにです」

「お前が勝手に出したんだろう？　普通、あれだけでこうなりはしない」

「……っ」

ぺらり。浴衣の裾をめくられた。

べったりと精液にまみれた陰茎が、蠟燭の灯りに照らされる。

褒名は、下着を穿いていなかった。旅行用の着替えは一組しか用意していなかったし、洗濯して順繰りに使っていく予定だった。それを全て洗濯してしまい、もう寝るだけだと思っていたので、下着を穿いていなかった。

ぬめる体液にまみれて、肉色をした陰茎が両腿の間に納まっている。どこからこんなに出したんだというほど、濃い。

「あらま絶景」

ネイエは、ちゃっかりしっかりご相伴に与《あずか》る。

御槌もまた、下着を穿いていないとは想像していなかったようだ。しっかりと性器に不躾《ぶしつけ》な視線を送っている。見られるものは見ないと損だと言わんばかりに、記憶におさめ、充分に鑑賞したのち、少しの間を置いて、羞恥と怒りの間で震える褒名に、こんな言葉を投げかけた。

「お前、いやらしいな」

「……!」

がっ! と反対側の頰を殴った。

今度は、平手ではなく、拳《こぶし》で。

「うわぁ……」

大きな雷が落ちる前に退散だと、ネイエはそそくさと部屋を逃げ出した。

＊＊＊

翌日。朝食の前に話があると、居間に呼ばれた。呼びに来てくれたのはネイエだ。ネイエは、昨夜の騒動の発端を作ってしまったせいか、「ごめんね」と褒名に頭を下げた。

褒名はネイエに対して怒りはなかった。

御槌への怒りも、もうない。それどころか、二発も御槌を殴ってしまった手前、少々の居心地の悪さと罪悪感に苛《さいな》まれながら、居間に向かった。

上座に敷いた座布団に正座をして、御槌が待ち構えていた。殴った頬はなんともなっていない。褒名は、それに胸を撫で下ろす。

「昨日はすみませんでした」

「……………俺も、すまなかった」

滅多に他人に頭を下げないだろう御槌が、頭を下げた。

「殴ったほうが悪いですから、俺が悪いです」

「お前は……その……殴れるんだな」

「ケンカもできないように見えましたか？」

「あぁ」

「残念ながら、育ちが粗野な上に、大勢の中で育ったので、掴み合いや殴り合いのケンカは日常茶飯事でした」

「そうなのか？」

「鼻血だってしょっちゅう流しましたし、骨折もしてますよ」

「なら、俺を殴った手の心配はしなくてもいいな」

「けっこう頑丈にできています」

御槌を殴った手は、少し赤くなった程度だ。

「跳ねっ返りも悪くないな」

くつくつ、と低く笑う。

おとなしいだけでは、面白味がない。褒名は控えめで遠慮がちな性根だと思っていたが、そうでもないようだ。

「でも、怒るのは疲れるからいやです。そりゃ、売られたケンカは買いますけど、それは怒ってるからじゃないです。あと、前にも言った通り、俺、ほんとは怒りっぽくないんです。だから、んー……と、なんて言うかな……こんなふうになって、自分でもちょっとびっくりしてます」

「では、そういう心の機微もあるのだと知っておけ」

「……はぁ」

「ところで、お前、ネイエをどう思う？」

「ちょっと軽い感じがしますが、よく気のつく優しい人だと思います」

「あぁいうのはどうだ？」

「好きなタイプですよ。話題も豊富ですし、いつも明るくて楽しいし、いい人ですよね。御槌さんと二人きりだと……ほら、あんまり会話にならないじゃないですか、でも、ネイエさんがいると話題が尽きないっていうか……」

「あぁいうのが好みか」

「……好みっていうか、近寄りやすいです」

「そうか」

「はい」

あれ、なんでだろう。

ちょっとだけご機嫌ななめか？

「おい」

「はい」

「下穿きは穿いているだろうな」

「……はい？」

「まさかお前、今日も穿いていないのか？」

昨日の今日で正気か……と言わんばかりに、御槌は、褒名の下腹に視線をやる。

「は、穿いてます！　穿いてます！　穿いてないのは昨日の夜だけです‼　洗濯物が乾いてなかったんです！　ほら！」

慌てて立ち上がり、浴衣をめくり上げた。

ちゃんと穿いてるよ、ボクサーパンツ！　どこにでもある黒いぱんつだよ！

自分でお風呂場で手洗いしたよ！　ほら！

「ほら！」

「……分かった、分かったから……落ち着け、見せなくていい、大丈夫だ」

「あ、はい」

「……お前、たまに突拍子もないことをするな」

「はぁ……」

「大丈夫か」

「大丈夫です」

「…………」

御槌は渋面を作る。

絶対にこいつ大丈夫じゃない、そう言いたげな表情だ。

なんだか、危なっかしい。

「あ、の……」

「あぁ、すまん。話はもうひとつある」

「はい」

「これだ」

布製の長財布をおもむろに取り出す。長方形で、真ん中を絹の真田紐《さなだ》で縛っていた。

それを畳の上に置き、褒名の膝元まで滑らせる。

「なんですか？」

「まずは中身を検《あらた》めろ」

「はい」

言われるがまま手にして、紐をほどく。

中には紙幣が入っていた。

「ひと月分だ」

「……？」

「これで家計を好きなようにやれ。俺の使い古しで悪いが、その財布もやる」

「…………」

これは困った。いきなりこんなことされても困る。困り果てていると、ダメ押しのように「好きに使え。足りなければ不足は渡す」と言われた。

「あの、できれば受け取りたくないです」

「なぜだ」

「俺がこれを預かる理由がないからです」

こういうことは、家長とその家族が話し合って決めるのが筋であって、客分がどうこうしていい話ではない。

財布の紐を締め直し、御槌のほうへ押し戻す。

「そういうものか」

「はい」

「俺なりに、ネイエに言われて考えた」

「何をですか？」

「お前に一銭も持たせないのは、独善的でよろしくないことなのだそうだ。お前にも、自由になる金があったほうがいい」

「あの……」

「なんだ」

「働いてらっしゃったんですね……」

「お前、俺をなんだと思っていたんだ」

「ニー……ト……ではなく、自宅警備員的な」

「よく分からんが、俸禄《ほうろく》はある。安心しろ。安心したなら、それで家計を回せ」

また、褒名の膝元へ長財布を押し出す。

それをまた、褒名が差し戻す。

お互い、譲る気配はない。

「御槌さんは……」

「なんだ」

「両極端です。どうして、全部握るか、全部預けてしまうかのどっちかなんですか？」

「さぁ、考えたこともなかった」

「もし、どうしてもこれを俺に預けるというなら、俺は、こう提案します。もっとちゃんと二人で話し合って決めましょう」

「………」

御槌の脳裏に過《よ》ぎったのは、「お前さ、なんでもかんでも自分で決めないで、嫁さんと二人で決めろよ、二人の生活、二人の人生なんだからさ」というネイエの言葉だ。

「御槌さん？」

「分かった。では、当面、二人で買い物へ行く」

「そうしてもらえると助かります」

褒名はその提案を受け入れた。

　ここで世話になっている間は、御槌の厚意に甘えよう。田舎生活を楽しもう。こうして、家族のように思って財布を預けてくれるのだ。楽しく、生活をしよう。

「御槌さんは、どうして、こんなによく俺の面倒を見てくれるんですか？」

「おさの命令だ」

「そうですか」

　予想外の返答だった。

　だが、それもそうだな、そういえばそうだった、とすぐに思い直す。

　初日に訪れたあの不思議な場所。あの朱塗り御殿に住まうおさからの命で、御槌は褒名の面倒を見てくれているのだ。

　それを、少しだけ残念だと思ってしまった。

　何を残念に思ったのかは、分からないが……。

＊＊＊

　油揚げ。

　なぜか、御槌の家では、三食全ての食卓にそれが出る。

　薄切りにした豆腐を菜種油で揚げた食べ物。

　二度揚げすると美味しくなるので、二度揚げする。

　今日は、褒名が台所に立っていた。腰紐で着物をたすき掛けにし、ぱたぱたと忙しく立ち働く。

「おい、本当に大丈夫なのか」

　御槌がお勝手口から覗き見やる。

「大丈夫です。勝手は、御槌さんを手伝って覚えました」

「お前、火は起こせるのか？　包丁は？」

「大丈夫です。自炊してたんだから、ひと通りできますよ」

「油は跳ねるぞ。火傷《やけど》をするな。水で滑るなよ。鍋も重いから、運ぶなら俺が……」

「それも自分でできますから」

「しかし……」

「デカい図体でうろうろされたら邪魔です」

「…………」

「五分おきに、うろうろ、うろうろ……さっきから同じことを何度聞くんですか？　ほら、今日は俺が台所を預かりますから、もう入ってきたらだめですよ。そんな心配な顔をしなくても大丈夫ですって。……ね？　もうすぐ出来上がりますから！」

　背中を押して、追い出す。

こうやって何度も追い出すが、またすぐに戻ってくる。

鬱陶しいとは思わない、なぜかちょっと楽しい。

「なぁ、御槌の旦那サンよ」

ネイエが、居間から半身を乗り出した。

「なんだ」

御槌は、やたらと廊下を往復する足を止めずに返事をする。

「尻尾が出てるぞ」

と、と、と……と、手の平で廊下を叩く。

「………………」

「照れんなよ」

「照れていない」

「あ、喜んでんのか」

「それは認める」

たしたし、と尻尾が柱を叩いていた。

「……っしゃ、できた!」

褒名は小さく拳を握りしめる。

油抜きしたお揚げは、出汁、砂糖、みりん、醤油、酒でしっかり煮た。酢飯には、人参、椎茸《しいたけ》、蓮根《れんこん》、蒟蒻《こんにゃく》など、思い出せた具材を細かく刻んで混ぜ和《あ》えた。一枚の煮揚げは、はすかいに切り、三角形の袋にする。中に寿司飯を詰め込めば、お稲荷さんの完成だ。

他にも、色々と作った。根菜、小芋、鶏肉、人参、お揚げの入った炊き込みご飯。ほうれん草と油揚げの煮浸し。海老と鯛《たい》しんじょの巾着《きんちゃく》は薄味で似た。厚揚げや揚げ出し豆腐は、出汁で合わせたものとみぞれ煮を。素焼きには生姜《しょうが》醤油をかけて出す。

「おぉ、お揚げ尽くし‼」

目を細めて、舌舐めずりし、ネイエはそそくさと食卓に着く。

御槌は、褒名を手伝い、料理を運んでくれる。

どことなく、御槌もそわそわしていた。背中に流れる黒髪が、尻尾のようにふわふわ、左右に揺れている。たぶん、とっても、ご機嫌だ。

「いただきます」

両手を合わせて、食事が始まった。

「これ、すっごい美味い」

ネイエは、お揚げとご飯で、きゅうきゅう嬉しそうに鳴く。

「…………」

その隣で御槌の箸が黙々と進む。

「褒名ちゃん、どうして急にこんなたくさん作ったの？」

「毎日、三食、絶対、食卓にお揚げさんがあがるんです。だから、好きなのかなー……と思って……」

怪我の手当てをしてくれた礼もある。物を買ってくれた礼もある。世話になっている礼もある。叩いてしまったお詫《わ》びもある。

でも一番は、美味しそうに食べてくれる御槌のこの顔。

これが一番、嬉しかった。

お詫びとお礼の為に作ったのに、なんだか褒名のほうが喜ばせてもらっている。

「愛だよねー、こんな手間暇かけてさ。御槌なんか、褒名ちゃんの台所に立つ後ろ姿見ながらすっごい嬉しそうにしてたんだよ?」

「そうなんですか?」

「俺、あんな御槌見たの初めて。上機嫌すぎて気持ち悪かった」

「………」

そう表現された御槌は、まっすぐしゃんと背筋を伸ばし、正座をしている。

左手に茶碗を持ち、右手の箸で、料理を口元へ運ぶ。黙って行儀よく食べているが、いつもより食事のペースが速い。ぱくぱく、ぱくぱく。休む暇なく口を動かす。喉仏が上下して、ごくんと飲み干す。そして、すぐに次の料理へ箸が伸びる。

じゅわりと染み出す甘辛い煮汁。鶏の出汁がしみた炊き込みご飯。箸休めの小鉢は洋食だ。乾燥させたトマトで、鶏肉を煮ている。塩味がきいて、美味い。豚肉と玉ねぎのソテーも美味い。茹《ゆ》でた卵と人参や胡瓜、じゃがいもを、酢、油、卵などで和えたというサラダも物珍しい。

だが、一番のお気に入りはお稲荷さんだ。

これがなによりも美味い。

「ちゃんと、お狐さんの耳にしたんですよ」

稲荷寿司は、三角形だ。

関東では俵型だったり、名古屋だともっと違う形をしているらしいが、褒名の知る稲荷寿司は三角形。狐の耳の形だ。

ひと口で食べられるように、大好きなお揚げがたくさん食べられるように、寿司飯は少なめにして、数をたくさんこしらえた。

「こんこん、って……可愛いですよね」

「お前が可愛い」

「はい？」

「なんでもない」

十五個目の稲荷寿司を頬張る。

食べても食べても、次が食べたくなる。

もぐもぐ、ぎゅっぎゅ。

大の男が頬袋を膨らませている。一所懸命、ご飯を食べている。美味しい、美味しい、と食べてくれている。咀嚼《そしゃく》しながら、次は何を食べようか……と目が探している。

可愛い。

「御槌さん御槌さん」

「なんだ」

「ご飯粒ついてるよ」

頬についたご飯粒を、指先で掬う。親指のそれを、何気なく、ぱくん、と口にした。

それを目で追っていた御槌と視線が絡み、「すみません、つい……」とはにかみ笑いすると、なぜか、御槌は途轍《とてつ》もない速さで食事を再開した。がつがつとご飯を掻き込み、噎《む》せ込んでいる。

「お茶、飲みなよ……」

呆《あき》れ返って、ネイエが湯呑みに茶を淹《い》れた。

「熱いから気をつけてくださいね」

「……っ」

御槌は一気に茶を含み、口元を押さえて、じっと耐えている。どうやら熱かったらしい。

苦し紛れに咳払《せきばら》いで誤魔化しているが、誤魔化しきれていない。

「おい」

「はい」

「お前も見ていないで食え」

「もうおなかいっぱいです」

誰かの為に作る料理は、それだけで心がいっぱいになった。

とてもとても、いっぱいになった。

＊＊＊

食後のデザートは、はらんきょう、いちじく、枇杷《びわ》。そのままがぶりとかぶりつく。

夏みかんの寒天寄せは、みかんとその皮を砂糖で煮詰めて作ったソースをかける。二人とも本当に酒が好きなのかして、甘いものと一緒に日本酒を嗜んでいた。

縁側で涼みながら、三人で並んで食べる。

不思議だ。

誰とも血が繋《つな》がっていないのに、家族みたいに過ごしている。

「御槌さん」

「なんだ？」

御槌は、もくもくと寒天を木匙《きさじ》で掬い、口元へ運ぶ。

「風呂なんですけど……」

「どうした」

「背中、流しましょうか……？」

そう、提案してみた。

ネイエに言われた通り、確かに、褒名と御槌は会話が少ない。だからこその、風呂だ。

修学旅行で、集団で入る風呂と同じだ。些細《ささい》なことから、仲良くなれるかもしれない。

もう少し話をしておきたい。いきなり財布を預けるような暴挙を起こさせない為にも、
お互いの考えを突き詰めておきたい。

「…………お風呂、一緒しませんか？」

「……一緒」

御槌は、食べかけた寒天を取り落とした。

「はい、危ない」

ネイエが、さっとガラスの器で受け取る。

「…………」

「御槌、真顔で顔面崩壊してる」

「……はっ」

刹那《せつな》の間をおいて、御槌が我を取り戻す。

「いいじゃん、一緒に入ってきなよ。仲直りもしたんだしさ」

ここぞとばかりにネイエも後押ししてくれた。

「食後だ。時間を置く」

「そわそわしてるくせに」

「………」

御槌はネイエに一瞥《いちべつ》をくれ、無言で立ち上がった。

「あらら」

「余計なことでした、かね？」

提案してみたものの、褒名も断られる覚悟があった。

もしかしたら、御槌は一人風呂が好きかもしれないから。

「大丈夫でしょ。だって、あっち、風呂だもん。……俺、もうちょっと呑むから。お二人さんでごゆっくりぃ」

ネイエは一升瓶を抱え込み、縁側にごろりと寝転がる。

「ここ、片づけてから行きます」

自分から提案したものの、ただ風呂に入るだけなのに、後から後から、得体の知れない後悔が押し寄せてきた。

悶々《もんもん》としながら食器を片し、風呂場へ向かう。

黒屋敷には、温泉の湧く大きな露天風呂と、檜《ひのき》材で造られた内湯の二つがある。

御槌はもっぱら外湯を利用する。

褒名が脱衣場を確認すると、律儀に畳んだ着物が籐籠《とうかご》の中にあった。

木戸を一枚ばかり隔てた向こうからは、温泉のにおいが漂う。白い湯煙の中で、御槌の背中が見え隠れした。長い髪をポニテにして、くるりと巻き上げている。

「なんか可愛い」

女子高生みたい。

そのくせ、背筋は物差しが入ったみたいにしゃんとして、肩はごつくて、逞《たくま》しい。岩場に凭《もた》れかかり、体を支える腕は筋張っていて、硬そう。肉体労働者というわけでもなく、筋トレをしているわけでもなく、あれだけ飲み食いしてこの体。

だっこしてもらった時も、胸筋に厚みがあった。骨が太くて、鉄でも入っているんじゃないかと思った。腕はしっかりと力強く、体を動かすたびに、筋肉が形を変えた。

褒名を担ぎ上げても、びくともしなかった。人の一人や二人抱えたくらいでは揺るがないんだな、と思った。

全部預けて、頼り切れる体だった。

その体に、汗が滲み、肩甲骨を伝い、流れる。なんだか美味しそうに見えた。背後からそうっと近づき、ぱくん、と肩口に食らいつきたくなる。すこぶる良い男ぶりだ。

「おい、いつまでそうしているつもりだ」

「う……っぁ、あいっ⁉」

じゅる、と涎《よだれ》を啜《すす》る。

「…………お前……」

褒名の格好を目にした途端、御槌はあからさまに肩を落とした。

着物の袖はたすき掛け。裾ははしょって帯に挟み込む。三助さながらの格好だ。

ある意味、生足が拝めるので絶景かもしれないが、何せ色気がない。

手拭いと石鹼と櫛を入れた木桶を小脇に抱える姿は、大きな風呂ではしゃぐ無邪気な子供のそれ。自分がそういう対象だと分かっていない、無防備さ。褒名は、一緒に風呂に入ることの意味を深く考えていない。

悪戯してやりたい反面、この笑顔を曇らせたくないと、御槌は自制するのに苦労した。

痛い苦しいと泣いて縋《すが》るのも一興だが、ふわふわとした微睡《まどろみ》の中でとろんと酔わせたい。

相反する二つの気持ちがせめぎ合う。

「御槌さん？」

「遅い」

「す、すみません！」

褒名は慌てて駆け寄る。

「おい、走るな、危な……」

「……っわ……っ⁉」

どぼん。

御槌を巻き添えにして温泉へ滑り落ちた。

濡れ石に足をとられたらしい。

「……ぶっ、…………はっ！」

襟首を摑まれ、水面に引っ張り上げられる。

御槌が受け止めてくれて助かった。

「……ふはっ……み、ませっ……ありがとっ、ござ……ま……げへっ……御槌さ、っ……

反射神経、まじすご、……げほっ」

顔から水面に激突して、びりびりする。鼻の奥がつんと痛い。

「このっ！　馬鹿が‼」

「えっ⁉　めっちゃ怒られた！」

「阿呆《あほう》が！」

「ごっ、ごめんなさいっ」

「風呂場で走るな！」

「はい！　すみません、ごめんなさい」

「そういう問題ではない！」

「はいっ。そうですよね、ごめんなさい……巻き添えにして、ごめんなさい。……あの、ほんとごめんなさい。……御槌さんは大丈夫ですか？」

「そんなことはどうでもいい」

「気をつけますから、そんな怒んないで……」

すっごくこわい顔してる。

「不注意で怪我をしたらどうする。大体にしてお前はとりあえず謝っておけばいいと考えている節がある。焦らせた俺にも非はあるが、それ以前に、お前は……」

「あのっ……ごめんなさい気をつけます！　だから頼みますから怒んないで！　……こわいから！」

「……………」

「怒られ慣れてないんで……すみません、お願いします」

両手で頭を庇うようにして、小さくなる。

大人に怒られた記憶がない。ケンカ両成敗で拳骨《げんこつ》を喰らったことはあっても、こうして一方的に心配されて、叱《しか》られて、説教された経験がない。危ないから、怪我をするから、心配だから、そういう優しさで怒られると、こわい。

「……すみません、ごめんなさい」

目を合わせられない。自分でもおかしいくらいにびくびくしてしまう。

「……怪我はないか」

怒りを鎮めて、御槌が優しく尋ねた。

「はい、大丈夫、です……」

「なら、いい」

「……あ」

小さく声を上げた。

「なんだ、まさか頭でも打ったか。気分が悪いのか」

「………ぱんつ、濡れた」

着物はおろか、ぱんつまでぐっしょり濡れている。

ぺとりと布地が肌に張りつき、浴衣は足元にまとわりつく。

「……みづちさん……」

「………」

「みづちさん、ぱんつ、ぬれました……」

「お前はっ……」

苦虫を噛み潰した表情で、額に手を当てている。

「今日、穿く予定のぱんつ、……まだ乾いてない、です」

「諦《あきら》めてお前も入っていけ」

「……ぉ、わ」

ぐ、と体が前のめりになって、御槌の膝に乗せられる。

体を持ち上げられた反動で、ほんの一瞬だけ、鼻先がちょんと触れ合った。

「それ、は……自分でやります」

腰を持ち上げられ、湯の中で膝立ちになる。

御槌が下着に手をかけたところで、褒名が押し留《とど》めた。

濁った湯の中でなら、脱いでも恥ずかしくない。

第一、男同士で恥ずかしがることなど何もないのだ。施設で暮らしていた時は、いつも数人で風呂に入っていたのだから。そう思い直し、褒名は、潔く下着を脱いだ。着物と一緒に岩場で水気を絞り、木桶に入れる。

「俺、何してんでしょうね……」

ははは、と笑って誤魔化す。

「背中を流すのは、次に仕切り直せ」

「髪も洗うつもりだったんです」

「それは有難い申し出だな」

「じゃあ、あの……下ろしてもらって、大丈夫、です」

褒名は、ずっと御槌の膝の上にいる。対面で向き合い、腰には腕が回っている。たぶん、風呂の中で滑らないように気を回されているのだろうが、一人で座るぐらいできる。

御槌は心配性だ。

そして不謹慎ながらも、御槌の注意が自分だけに向けられているのが、嬉しい。

それも相まって、自分から膝を下りることはできない。

だっこをされるのが好きだ。下りるのは勿体《もったい》ない。でも、成人男子が膝だっこされているこの状況も、素肌が密着しているこの事態も、なんだかおかしいし、気恥ずかしい。

「これが好きなんだろう?」

「……いや、はぁ、まぁ……その……」

「なら、このままでいい」

湯の中で御槌が胡坐をかく。

一瞬、ふわ、と浮力がかかり、御槌のほうへ倒れ込んだ。両腕でしっかりと抱き止められ、逃げ場を失う。逃げるつもりはなかったが、これではもう身動きもとれず、隣に座り直すことさえできない。

「御槌さんは、どうしたいんですか?」

「………………」

「あ、いや、なんていうかな、抽象的な訊き方してすみません。俺は、もうちょっと御槌さんと話がしたくて、お世話になりっぱなしで、だから、一度、二人の関係性を見直したくて、腹を割った話がしたくて……あぁえっと、だから、俺、なに喋ってんだろ……」

「何がしたい」

「仲良くなりたいです。……で、も……そのきっかけがよく分からないので、背中を流したり、風呂上がりに髪を拭《ふ》いてあげたり、買ってもらった櫛で梳《す》いてあげたりしたら、ちょっと何かが変わるかなって思ったり……」

あと、もっと、だっこして欲しい。

でも、これはさすがに言えないよなぁ……。

「ようやくその気になったか」

「……？」

「待ち草臥《くたび》れた」

御槌の唇が、少しだけ綻《ほころ》んだ。

「…………」

あぁ、この人はこうして笑うんだな、と思った。

ほんの少し頬をゆるませ、薄く笑う。それに、とても優しく笑う。

たったそれだけのことで胸がいっぱいになって、締めつけられる。

この笑顔を打ち消さない為には、自分はどうすればいいかな、と考える。

この人の喜ぶ顔が見たい。

笑ったままで、いて欲しい。

「……っん」

どちらからともなく、唇が触れた。

濡れた頬と頬が、ぴたりと吸いつく。鼻先がくっついて、濡れた前髪の雫《しずく》が、肌を滑る。あまりにもくっつきすぎて、どちらの皮膚で、どちらの髪で、どちらから流れ落ちる雫か分からない。

慣れない息継ぎの合間に、御槌の髪に指を絡める。ぱちゃ、と肌に湯が跳ねて、御槌のほうへ流れる。それがまた跳ね返り、自分へ戻ってくる。唇の甘さも、切なくなるような息苦しさも、厚い胸板に肌が触れて熱さを覚えるのも、何もかもが心地良い。

「……ぁ、ぅ」

大きく口を開き、御槌の唇に齧《かじ》りつく。

御槌が低く笑った。狐の仔がじゃれているようだと、甘噛みで返される。

どうすれば御槌が喜ぶか考えた。褒名の腰を支えていた腕が太腿を撫でるから、自分から足を広げて、ぴたりと寄り添った。ほら、こうすればちょうど太腿が御槌の手に触れる。

御槌の腰回りに内腿を擦りつけ、またひとつ増えた接点に充足を覚える。

「そのまま、動け」

「……は、ぃ」

唆されるがまま、一度だけ腰を揺らす。

御槌の腹に、陰茎がこすれた。

びりっと走る電気に、褒名は咄嗟に身を引く。すると、その動きでまた陰茎がこすれて痛いほど感じる。

「……ひっ、ぅ」

ぎゅう、としがみついた。

いやだ、これ、こわい。

「どうした？」

「……っ」

御槌の問いには答えず、首を横にする。

「……いやだったか？」

「ちがっ、……こわ、っ、い……」

「何がだ？」

「なんか、びく、ってなった……なに、これ……」

「……………お前まさか……」

「……やだ……なんで、ですか……一人の時、こんなふうになんない……」

「一人って……その年で精通していないなんてことは……」

こわいこわいと訴える褒名に、御槌が尋ねる。

「知ってぅ……たいくで、なら……った……やだ、なんでっ」

一人でする時より、熱くて、痛くて、苦しい。

こわくて泣きが入る。

こんなの、知らない。

「なら、早く楽になれ」

「やだ、むり、うごけない……」

「動けないと言われてもな……お前、人とする時はいつもそうなのか?」

「したこど、ないぃ……っ」

「………」

「人と、したらっ……他の人、いたら……皆、こんなふうになるん、れす、か……?」

そうなら、人としたくない。

「……おい」

「ぅ、く……ひぅ……っ」

「お前、童貞か?」

「……ぅ、ぅう」

こくん、と首を縦にする。

「………ありがとう」

「なんで、お礼、なんれす、か……やだ、うごかないで、っ、やだ、やだ……っ」

「こわくない」

「こぁいっ」

「気持ち良いだけだ」

「……っ、きもちよぅ、な、いぃ……っ」

これが気持ち良いと言うなら、褒名はあっという間に気が狂ってしまう。きっと、頭の中がぐちゃぐちゃになって死んでしまう。こんなこと、耐えられない。

「気持ち良い、だ」

「よく、ない……」

「いいから、そう言え」

「……いたい」

ちんこ、いたい。

がちがちになって、いたい。

「気持ち良い、だ」

「いくない」

「言うことを聞け」

「…………」

「聞いたら、髪を触らせてやる」

「…………」

「気持ち良い、だ」

「……ぃもち、ぃ、……ぃ」

「よし」

「きもち、ぃい」

「いい子だ」

「きもちいい」

固い腹筋で裏筋をごりごりとこすられる。

腰が逃げる前に、強い力で阻まれる。

「きもち、い、い……」

これは、きもちいい。

いたくも、こわくも、ない。

「俺がいるのに、恐ろしいことがどこにある」

「……あぁ、そっかぁ……」

そうだ、目の前にいるのは御槌なのだから、何も怖いことはない。

「腹の奥まで、心地良いことだ」

「……ンっ」

ゆるい力で下腹を圧迫される。撫でられ、熱い手の平で温められる。

「すぐに、ここを弄られるのが好きになる」

「うんっ……ンっ」

「好きにしていいぞ」

「……ぁ、っ」

大きな手で臀部《でんぶ》を鷲摑《わしづか》まれた。御槌の力に負けて、体が前に押し出される。乳首が、御槌の胸に当たる。触れるのではなく、ぐり、と押し潰される。

「……ぅ、ン……ぅ、っく」

御槌の臍《へそ》の穴に鈴口を引っかける。ぬち、にち、と先走りが溢《あふ》れて滑る。皮を被《かぶ》り気味の雁首《かりくび》が、ぐにゅ、と腹筋で圧迫される。たまらない刺激に、我慢は放棄した。

気持ち良い。

「きも、ひ……いぃ」

力いっぱいしがみつき、腰を揺すった。

気持ち良い。他人の肌は、他人とこうすることは、気持ち良い。

「その脳髄によく叩き込んでおけ」

「きもぃ、ちぃぃ、……みぅち、さ……きもちぃ、ぃ」

喘ぐ合間に、気持ち良い、気持ち良いとうわ言を漏らす。

それを助長するように、御槌が撫でてくれる。

だっこしてくれて、抱きしめてくれて、褒めてくれる。

気持ち良い、と褒名が口にすればするほど、御槌は心を気持ち良くしてくれる。

「ふっ、は……」

鼻から抜けるような吐息を漏らす。開きっぱなしのだらしない口で、こくん、と唾液を飲み下し……あれ、俺はなんでこんなことしてるんだ？　と、ふと我に返る。

御槌を見やると、愉快な児戯でも眺めるように、褒名を鑑賞していた。

「み、づちさ……」

羞恥が一気に襲ってきた。

「物足りないか？」

「ちが、ぃ……ます……、これ……そういう、意味……じゃ」

「違うのか？」

「……ちがうく、ない……で、す」

男前のしょんぼり顔は、卑怯《ひきょう》だ。

可愛くて、可愛くて、下腹が無性に切なくなる。

「我に返っている暇があったら動け」

「ひっ」

ぐに、と臀部を抓《つま》まれた。なまぬるい疼痛《とうつう》に、陰茎は萎《な》えるどころか固くなる。じわじわと煽《あお》るようにさすられ、会陰《えいん》近くまで伸びた指が、何度もそこを往復する。

「……ぅ、ぁ……っあ」

腰が勝手に揺れた。

なのに、まだどこかで恐怖が働き、たまに動きが鈍る。

中途半端で、まどろっこしい。

気持ち良すぎて、こわい。

何もされていないのに、充血した陰茎は解放を求めて褒名を急かす。

慣れない刺激を与えられた乳首は痛みを覚える。そちらに意識を持っていかれると、体の動きは遅くなる。すると、イくにもイけない。

他人の肌で射精するのは、こわい。

「みづ、ちさ……、っ、みぅ、ひ、さ……ぁ」

両足の間に、固いものが当たっている。

それを内腿でぎゅうと締めつけ、腰を前後する。そうすると、自分の陰嚢《いんのう》もこすれて、裏筋が波打ち、お湯よりもぬるいぬめりが絡み合う。

ぱちゃ、ぱちゃ、と水跳ねが大きくなった。

汗が首筋を伝い落ちる。

溢れた唾液が口端から伝う。

目の前にある御槌の唇に嚙みつく。口づける。唾液を強引に飲み込ませ、舌を絡める。両手でしっかりと顎を摑んで、逃がさない。指にかけた髪を引っ張り、角度を変えて、上を向かせて、貪《むさぼ》る。

美味しい。

この人は、全部、美味しい。

全て喰らいつくして、自分の物にしたい。

「み、……っ、ひさ……、ぅ、ぃ、さぁ……っ」

呂律《ろれつ》が廻らない。

欲しくて欲しくて涙が溢れる。

だらだらと涎を零《こぼ》して、脚の間にある男を締めつける。

「痛みは勘弁してやろう」

「……ン、ぁ……」

陰茎の先端が、括約筋に押しつけられる。湯の中にいても、そこが熱く、固いことが分かる。それを入り口に引っかけるようにして、御槌が動く。

腰を摑まれ、会陰の間で陰茎が滑る。時々、陰嚢を押してもらえる。びくびくと震えるのが御槌まで伝わるのかして、褒名の悦《よろこ》ぶところばかりを責め立てる。「もうやだ」と甘え声で訴えると、裏筋が合わされ、大きな手で扱《しご》かれた。

「ん、っく……」

ひゅっ……と息を呑み、喉を仰け反らせる。

背中に爪を立て、他人の手で与えられる絶頂に震える。

身も、心も、意識も、全て持っていかれそうになった瞬間、御槌が抱きしめてくれた。

力強い腕は、最後までちゃんと褒名を支えてくれていた。

信太の騒乱

我に返ると、死にたくなる。

昨日のアレ。

でも、それは恥ずかしくて死にたくなるだけで、実際のところ、行為に及んだことはそんなに気にしていなかった。

雰囲気的にそういう気持ちになってしまっただけだ。

あれが、気持ち良いことだと分かったし、気持ち良いことは怖くないと教えてもらったし、初めてあぁいうことをしたのが御槌で良かったとさえ思った。

少しの開き直りもあった。

旅の恥はかき捨てだ。やりたいことやって、すっきりすればいい。これから先、一生、毎日ずっと一緒に暮らして、顔を合わせ続ける相手ではない。これは、ほんの一時の冒険。我に返った時、ちっとも後悔が襲ってこなかったのだから、つまりそれは、あの時の自分がそれを求めていたということ。

それが結論だ。

「……ふはっ」

ばしゃ、と冷たい井戸水で顔を洗う。

初日はびしょびしょに濡《ぬ》らしてしか顔を洗えなかったが、今では袖をまとめて、濡らさずに洗う術《すべ》を覚えた。井戸水の汲《く》み方も、浴衣《ゆかた》を濡らさない方法も、余った水は打ち水にすることも、あれもそれも、どれもこれも、全て御槌に教えてもらった。

いずれは帰るとはいえ、ここで経験した些細《ささい》な出来事のひとつひとつが愛《いと》しい。いつもの暮らしに戻っても、ここでの思い出は大事にしようと思う。

それに、お金と休みができたら、また遊びに来ればいいだけの話だ。

「坊や」

「おたけさん！」

黒屋敷の勝手口から、ひょいとおたけが顔を出した。随分とご無沙汰《ぶさた》のような気もしたが、ほんの数日ぶりだ。

「おはようさんです。元気そうで何よりだこと」

ほほほ、と上品に目を細めて笑う。

「おはようございます。……あれ、おたけさんその格好」

おたけは洋服を着ていた。

出会った日に車を運転していた、あの時の洋服だ。

久々に見る洋装に、褒名は少しの懐かしさを覚え、同時に、現実へと引き戻された。

あぁ、そうだ、俺、帰らないと……。

のんびりとここに馴染《なじ》んでいたが、ここは、褒名が一生を暮らす場所ではない。さっきも同じことを考えていたのに、今は現実味を帯びてそれを実感している。車と洋服のある世界が褒名の世界。そんなこと分かっていたはずなのに、ついさっきまでの自分の考えが、夢のようにふわふわしていたことに気づく。

さっと冷や水を浴びせられた気分だった。

「帰るんですか？」

「えぇ。お祭りも終わりましたし、久々の里帰りでゆっくりできましたからね、私はそろそろ町へ下りるのよ」

「いつですか？」

「今日よ」

「急ですね」

「坊やはまだまだいるんでしょう？」

「あ、いや……できたら帰りたいです。我儘《わがまま》を言うと、国道のバス停まで乗せていってもらえると、すごく助かります」

この村に来てから一度も着ていなかった洋服を着て、バックパックを摑《つか》んで、充電の切れた携帯電話を持ち、村を出る。頭の中でそれらを順序立てる。

「あら、坊やはゆっくりすればいいんですよ？」

「いえ、……帰、っ……帰ります。すぐ支度してきます。待っててもらえますか？」

「そうも参りませんよ。坊やはもう若様のお手付き。おいそれと私が連れ出すことはできませんからね。坊やも、毎日、若様からご神気を頂戴《ちょうだい》して……あらま、まだ半分？」

すん、と褒名の傍《そば》で鼻を鳴らす。

「半分？」

「まだお手をつけていらっしゃらないのね。若様も珍しくご遠慮がちだこと」

これは驚きだわ。

あの絶倫若様が辛抱強く耐えていらっしゃるなんて。

「これは、よほど坊やを壊したくないのね」

「おたけさん……？」

「いいんですよ、大丈夫ですからね。坊やは全て若様にお任せしていれば、ようようしていただけますからね。お手付きでないのも、大事にされている証拠ですからね。決して、自棄《やけ》を起こして帰るなどと言ってはなりませんよ」

「帰るのは個人的な都合で、御槌さんは関係なくて……」

「強がらなくてもいいんですよ、分かりますよ、殿方に見向きもされぬつらさは、このおたけも千年ほど前に、この身でいやというほど味わいました。ですが、いずれは振り向いてくださいますからね、いずれはお種をつけていただけますからね。ですからそう悲嘆にくれて里へ逃げ帰らずとも、ここへずっといてらっしゃい」

「…………」

おかしい。話が嚙《か》み合わない。久しぶりの不思議な感覚だ。

「坊や、安心おし」

褒名が押し黙るのを不安ゆえと勘違いしたのか、おたけは、そっと手を握りしめた。

「あの、種をつける……って、田植えの時期ですか？」

「……坊や、田植えはもう終わったわ」

「お手付きって、カルタとかでミスった時に使うお手付きですよね？」

「……坊や、若様とカルタをしたの？」

「いいえ、してないです」

「坊や、ひとつ大切なことを確認しますね。……坊やは一生、この村で、御槌様と暮らしていくんですよ」

「え……、普通に自分の家に戻って、大学を卒業して、就職して、一人で生きていきますよ？」

「………」

おたけから笑顔が消えた。

あれ、なんか、こわい。

このこわさ、既視感がある。

これは、車に乗せてもらっている時、スピードがガンガン上がって、おたけが「村の周りで開発が進み、住みにくくなった」と、そうぼやいていた時の、あの感覚だ。

「坊やは、若様のお嫁様になるのよ」

「なりませんよ？」

「……っ!!」

「おたけさん、なんでそんな衝撃受けてるんですか？　昔の少女漫画みたいになってます」

目の中が白抜きになり、口元に手を当てて、青筋が描かれているひと昔前の少女漫画。まるでそんな表情だ。

「だ、だってね、坊や……坊やは若様のお嫁様になるつもりで、この村で暮らし始めたんでしょう？　ここが気に入ったでしょう？　長く居たいでしょう？」

「そうですね、好きです。でも、滞在が二週間から三週間に延びることはあっても、それが一生になることはあり得ません」

「でも、若様からお話は受けたのでしょう？」

「御槌さんから特に何も……話というほど話は……」

「お輿入《こしい》れの話はっ⁉」

「おこしいれ？」

「嫁入りのことよ！」

「御槌さんに嫁さんが来るんですか⁉」

「あなたよ！」

「ははは、冗談きついっすわー」

「……ほ、本気なの？」

「本気も何も、俺は嫁にはいきません」

「……わ、若様……」

あの方、説明していないのだわ。

この、のんびりふわふわした坊やに、何も説明していない。

この坊やも、皆の言動に何がしかの違和感を覚えれど、それを深く追及していない。

「じゃあ、俺、帰る準備してきます。すぐに済みますから、このまま待っててもらえると助かります。時間、大丈夫ですか？　御槌さんにも挨拶《あいさつ》しないといけないし……」

「坊や！　お待ちなさい！」

「はい？」

腕を取られて、その場に踏《とど》み止まる。

「坊やは、この村から出られませんよ」

「おたけさん、腕、痛いです」

おばあちゃんの力とは思えない、強い力だ。

「いいえ、離しませんよ。坊やはこの村からは出せませんからね。若様がそれをお許しになりませんからね」

「村を出るも出ないも、俺の自由意思です」

おたけの腕に手を添え、ゆっくりと剝《は》ぎ取る。

「では、若様によくよく聞いてごらんなさい。もし、若様がお許しになられたら、このおたけが坊やを町まで連れていって差し上げます」

「どうして御槌さんの許可を得ないといけないんですか」

「坊やの為《ため》です。若様のご不興を買うと、一生……」

「一生……なんですか？」

「私が言えることではありません。では、こうしましょう。私はもう数日、この村に留《とど》まります。私の家は、黒屋敷の表玄関を出て、ずっと先に進んだ竹藪《たけやぶ》の向こうですからね」

「……分かりました」

「坊や、これだけはお聞きなさい」

「はい」

「決して、若様を怒らせてはなりませんよ」

「……はい」

「坊やは、若様のお嫁様になるのが一番なのですからね」

「…………」

返事はしなかった。

褒名は、ただただ地面を見つめていた。

目の前に立つおたけの影には、なぜか、耳と尻尾《しっぽ》があったから。

＊＊＊

御槌に話を聞く前に、褒名は荷造りを始めた。

荷物は少ない。たいして出し入れをしていないので、すぐに出ていく準備はできた。

寝間着代わりの浴衣から洋服に着替える。久しぶりの洋服だ。Ｔシャツとクロップドパンツ。ベルトをして、縁側の下に入れていたスニーカーを取り出す。

バックパックの外ポケットに入れていた腕時計を嵌《は》めると、なんだか少し落ち着いた。

忘れていた。こういう文明の利器。この村にいると時間を気にせず暮らせるが、元々、時間を気にしながら生きてきたのだから、これがあるほうが落ち着く。

「あぁ、そうか……」

腕時計の日付表示で、今日が二週間目だと気づいた。

時期的にもちょうどいい。

「……帰ろう」

ここに長居してはいけない。

この村にいると、時間の感覚が狂う。

自分の感覚もまた、狂う。

おたけの言葉は本気だった。褒名を嫁にすると言っていた。

思い起こせば、他にも幾つか思い当たる節がある。ひとつひとつは取るに足らないことだが、重ねて考えると、この村がおかしいと分かる。

「おかしい……」

ここにおいてようやく、この村がおかしいと頭が理解した。

この村は、たまに不思議なことがある。それについては、そういう村なのだろうと受け入れたつもりだったが、実際は違っていたようだ。

褒名は認めていなかっただけだ。見ないフリをしていただけだ。この村の奇怪を。

そして、この村の人間は、褒名が何も言わないことで、その奇怪を受け入れたと理解した。だが、それは違う。褒名は、この村のことは認めていても、自分がそこに属するものだとは認めていない。おかしいものはおかしいと認識すべきだ。

その感覚が麻痺《まひ》していた。

「褒名ちゃん、今日もお寝坊さんなの……って、何してんの？」

スルメイカをしがみながら、ネイエが一升瓶片手に顔を覗《のぞ》かせた。

朝ご飯だよ、と呼びに来てくれたのだろう。

「お世話になりました」

頭を下げ、バックパックを引っ摑み、スニーカーに足を通す。

「ちょ、ちょっと待った！　絶対にちょっと待った！　……今、御槌呼んでくるから！　絶対に待った！　待ったほうがいい‼　待たないと大変だから‼」

ネイエは廊下を走って御槌を呼びに戻った。

「…………」

縁側に下りたまま、褒名は待つ。

本能は、待たずにこのままここを去るべきだと訴える。

なのに、足が動かない。物理的な問題ではなく、精神的な問題だ。どこかで二の足を踏んでいる。もう一度だけ顔を見て、ちゃんとさようならを言うべきだ。だから離れがたい。

そうしているうちに、御槌が来た。

あぁ、来てしまったと苦く思う反面、たすき掛けにした着物を見て、いつも通り朝食を作ってくれていたんだと思うと嬉《うれ》しかった。自分の為に食事を作ってくれる。その優しさに胸が締めつけられた。

「こいつ、一人だともっと手抜きしてるんだぜ。食わない日もあるくらい。俺が泊まってる時なんか完全に無視されるから、いっつも勝手に台所漁《あさ》ってんの。……だから、朝ご飯があるって聞いて驚いちゃった。……御槌はさ、褒名ちゃんがいるから、こんなにいっぱいご飯作ってんだよ。痩《や》せてて怖いんだってさ。強く摑むと、脆《もろ》くて壊れそうなんだって。

……ほんと、分かりやすいよなぁ」

面映《おもは》ゆい笑顔で、そう教えてくれたのはネイエだった。

笑うネイエの後ろ頭を、ばちん、と御槌がはたいていた。

なぜか、思い出すのは、そんなことばかりだ。

「帰ります。お世話になりました」

万感の思いを込めて、頭を下げた。

ごめんなさい、となぜかそう思った。

とても悪いことをしている気持ちになった。

でも、ここに長居するわけにはいかない。学校もあるし、バイトもあるし、生活もある。

一生ここで一緒に暮らすなんてできない。そういう社会常識は、褒名にもある。

「帰ると言うか」

「はい」

「許さん」

「帰ります」

「お前が帰ったところで、獣に食われるのが落ちだ」

「都会に獣はいません」

「いる」

「いません」

「もし、いなかったとしても、お前はここで暮らすんだ」

「暮らしません。俺がここで暮らす理由がありませんから」

「ある。ここがお前の家だ」

「ここは俺の家じゃありません」

褒名の家は、町中の駅から十五分歩いたところにある長屋。

一人暮らしを夢見た、自分だけの城。

「この屋敷の何が不服だ」

「ここに問題はありません」

「では……」

「戻らないといけません。それだけです」

この屋敷の居心地が良いのは確かで、こんなにも落ち着いた気持ちで日々を過ごしたのも初めてだったし、他人との生活が、穏やかで好ましいものだったのも初めてだ。

施設で暮らしていた時は、あんなにも独り暮らしに憧《あこが》れていたのに、いざ、ここを去るとなると、本当に憧れていたのか分からなくなる。自分が望んでいたものは何なのか……ここで暮らして、答えが変わった気がする。

きっとそのせいだ。御槌との暮らしに、後ろ髪を引かれるのは……。

もっと仲良くなって、もっと深く突っ込んだ話をして、お互いのことを知って、そうしたら、きっと、良い友達になれたかもしれない。

そんな未来を想い描いてしまった。

だから余計に、今の御槌との関係は、よく分からない。

友達じゃあないのは確かだ。

「また遊びに来ます」

「この頑固者が」

「………すみません。また、来ますから……」

たぶん、もう、来ない。

ここにいると、これまでの自分が自分でなくなるような気がしてしまうから。

それはこわいから。

もう、来ない。

「…………置いていくのか」

「はい」

御槌の視線の先には、鏡と櫛《くし》があった。

それらは桐箱に入れたまま、部屋に置いてきた。

買い物に出た時にもらった反物も、髪飾りも、食器も、何もかも、形ある物は全てここに置いていく。持って帰るのは、元からあった自分の持ち物だけ。

未練は、置いていく。

「お前は俺の嫁だ」

「違います」

「お前はここで暮らすんだ」

「暮らしません。ここは俺の家じゃないから」

「お前の意見は聞いていない」

「御槌さん」

「なんだ？」

「御槌さんの意見は決して通りません。なぜなら、俺はあなたが言うように頑固者だからです。そして、あなたにはどちらかというと、強権的で独占的で独善的な暴君のような一面がありますが、俺はそういうあなたは嫌いです」

優しいところは好きですが、全てがあなたの思う通りになると思わないでください。

黙り込む御槌に、褒名は畳みかける。

「俺が……おとなしく、はい、と後ろに付き従い、逆らいもせず、抗《あらが》いもせず、唯々諾々とあなたの言葉に従う人間だと思いましたか？　貞淑な妻になるとでも思いましたか？　弱い人間だと思いましたか？　守ってやらないといけない存在だと勘違いしていましたか？　もし、そう思っているなら、それは間違いです。俺が何も言わないのは、ただただ争うことが面倒だからです。怒るのは疲れます。……だから、黙っているだけです」

「貴様っ……」

「それから、俺には、褒名という名前があります。おい、でも、貴様、でもありません。実のところ、それが一番、いやでした」

名前を呼んでくれない人なんて嫌い。

「…………」

「あなたなんて、嫌いです」

「…………」

「嫌いです」

だから、さようなら。

＊＊＊

取っ組み合いのケンカになった。

褒名は、流れる鼻血を手の甲で拭《ぬぐ》う。その鼻血のついた拳《こぶし》で御槌の顔面を殴る。当然のように、御槌に殴り返される。さすがに一撃で倒れることはプライドが許さず、褒名はなんとか踏み止まったが、足元がぐらぐら揺れた。

何が一番悔しいかって、手加減されたことだ。全然、本気じゃないのが分かった。鼻血を流す褒名を見て、御槌が「しまった」という顔をしたのにも腹が立った。まるで、女を殴った時のような始末の悪さ、男が女に手を出してしまった時のような後悔、そんな感情があからさまに見てとれた。

それでカッと頭に血が昇った。

御槌の着物の襟を摑んで引き寄せ、その顔面に頭突きをかます。それで、御槌も鼻血を吹いた。

「……ざけんなこら……お前の女になったつもりなんかあらへんわ」

褒名は、鼻血の混じった唾《つば》を吐き捨てる。

「では、以降、手心は加えない」

「……っ！」

横っ腹に、重い一撃を喰《く》らう。

体重とリーチの長さは圧倒的だった。

一撃が重い。

御槌は腕を伸ばし、昏倒《こんとう》する褒名を頭から地面に引き倒す。

褒名の眼の前に、星がちらつく。吐き気に呻《うめ》いて、飲み下したはずの鼻血を吐く。傷みに息が詰まり、抵抗らしい抵抗もできない。

髪を鷲《わし》摑んで、黒屋敷の中庭を引きずられる。ざりざりと玉砂利で頰《ほお》を削られた。

鼻腔《びこう》に鼻血が詰まって息ができない。

思考がはっきりしない。

気持ち悪い……。

じわじわと意識が遠のき、次に目を醒《さ》ました時には、座敷牢《ざしきろう》へぶち込まれていた。

「…………な、んだ、ここ……？」

頰骨が腫《は》れ上がり、自分の声がくぐもっている。

痛みに耐えて、座敷を這《は》う。その足首に、鉄の足枷《あしかせ》と錘《おもり》が嵌められていた。

鉄格子の牢屋。窓ひとつなく、薄暗くて湿気臭い。

時代錯誤だ。黒屋敷にはこんなものまであるのかと眩暈《めまい》がした。

顔面の違和感に手で触れると、乾いた鼻血がぱらぱらと零《こぼ》れ落ちた。ほんの一瞬の気絶だと思っていたが、けっこう長い時間、気を失っていたらしい。

顔を上げると、御槌が鉄格子の向こうで、腕を組んでいた。

「出してください。こんなことは卑怯《ひきょう》だ」

静かにそう語りかけた。

「もうあの言葉遣いはやめか？」

御槌は、褒名の使った乱暴な言葉遣いを責める。

褒名があんな言葉遣いをしたのは、施設で取っ組み合いのケンカをした十四歳の時が最後だ。頭が冷静になれば、あのガラの悪さはナリを潜める。

「出してください」

褒名は覚束《おぼつか》ない足取りでゆっくりと立ち上がり、鉄格子を揺すった。鉄柱は地面に埋め込まれているのかして、びくともしない。

「何を考えてんですか。こんなことして、何か変わると思ってるんですか」

まともな考えじゃない。

人を牢屋に入れるなんてことは、まともじゃない。

「座れ」

御槌は冷たい石床を指し示す。

「…………」

褒名は言うことを聞かなかった。

「座れ。少し長い話をする」

「そのまま喋《しゃべ》ればいいんじゃないですか？　今更、その口で何を言うつもりか知りませんけど」

「…………」

「…………」

お互いに、鉄格子を隔てて睨《にら》み合う。

長い静寂の後、御槌が沈黙を破った。

「よく聞け。お前は、狐《きつね》と人との間にできた仔《こ》だ」

「それは笑えない冗談です」

褒名は父母の顔を知らない。そういう冗談はきつい。笑えない。褒名でも知らない実の親のことを言われるのは、たとえ戯《ざ》れ言《ごと》であっても受け入れられない。何より、何も知らないはずの御槌の口から語られても、真実味がない。

「冗談は言わない。……お前には、半分、狐の血が混じっている」

「……きつね？」

「妖狐《ようこ》だ」

あやかしのきつね。

褒名が二の句を継げずにいると、御槌は話を続けた。

「お前の母親は、この信太村生まれの女狐。父親は人間だ」

だから、あいの仔。

意地の悪い村の者は、褒名をそう呼んだ。

「お前が急に思い立って旅へ出たのも、この村の近くまで来たのも、狐の本能がそれを切願したからだ。……人の世は生きにくい。そう感じるのだそうだ。そう思った時に、何かきっかけがあって、ここへ誘われた」

「…………」

コンビニで偶然立ち読みした雑誌。そこに載っていたこの山里。

急にどうしてもそこへ行きたいと思った。

だが、それは単なる偶然だ。自分の母親が狐だと言われても、ピンとこない。無理だ。信じられない。褒名は、狐じゃない。耳も尻尾もない。

「一度も本性が出ていないなら、信じようもないだろう。だが、お前にも耳と尻尾はある。

勿論《もちろん》、母御から受け継いだ妖力も持ち合わせている」

「…………」

「お前の母の一族はもうない。葉狐《はぎつね》という力の強い一族だったが、時代とともに滅んだ。おそらく、お前の母御と人間の男との間にできたお前が、最後だ」

「…………」

「俺の嫁になれ」

「…………」

だから、どうして、そうなる!!

叫びたいのをぐっとこらえた。

ここで会話をしてしまえば、負けになる気がした。

「信太の村は、夫婦で村を守る。夫が矛となるならば、嫁は盾となる。勿論、その逆もまたあるが……」

嫁御が結界を張り、盾となりて村を守護する。

その夫は武器を携え、外敵を排除する。

二人でひとつ、仲睦《なかむつ》まじく、村を守っていく。

「俺は矛だ。盾が必要になる」

「…………」

「お前の血が必要だ。村の為に。ここ最近は姻族婚が多く、外からの嫁もない。そろそろ外の血が欲しい」

「……っ!!」

「腹を貸せ」

「……ふざっ……けっ……ん、な!!」

怒りのあまり、言葉が詰まった。

とどのつまり「よその血を混ぜて跡取りを作りたいから嫁になれ、嫁にならぬと言うて逃げるなら許さない、その場合、お前は一生牢暮らしだ」と、御槌はそういうことを言っている。淡々とそういうことを言ってのけている。

常識が、違う。

「誰《だれ》もこんな話は信じない。第一、俺は産めない!!」

「信じる信じないの話ではない。俺がやれと言わばやれ。産めと言わば産め」

「頭おかしいんだよ!!」

「頭を冷やせ」

「冷静だ!!」

「考えを改めるまで、十年でも二十年でも……一生でも、そこがお前の棲家《すみか》だ」

「………………傲慢《ごうまん》だ」

「よく考えろ。そこで鎖に繋《つな》がれ、俺の仔を産み増やし続ける道具になるか、俺の嫁として大いに歓待されるか、どちらかだ」

「どちらも断る」

「後者を選べ。一生かけて大事にしてやるぞ」

利口になれ。嫁になれば、良いことずくめだ。

そうして甘い言葉で懐柔する割に、褒名から色良い応《こた》えが返ってこないと分かっていたのだろう。御槌は褒名に背を向けた。

「……っ!!」

がん！　褒名は、力任せに鉄牢を殴った。

＊＊＊

座敷牢。

ここは黒屋敷の表とは異なり、とても寒い。

あれから、丸一日は経過した。黒屋敷を出るままの格好で座敷牢に閉じ込められたので、靴も履いているし、腕時計もそのままだ。時間が分かるのは有難いが、日付表記は、ケンカした時にでも狂ってしまったのか、曜日が進んでいない。

御槌は一度も顔を見せない。

顔を見ても苛々《いらいら》するので来られても迷惑だが、御槌が来ないことには、ここから出られない。

牢の出入り口は、南京錠で鍵《かぎ》をされている。脆そうに見えたが、存外に丈夫で、揺さぶった程度では揺るがなかった。

俺をどうするつもりだ？

まさか本当に孕《はら》ませるつもりか？

無理に決まっている。男の俺をどうこうできるはずがない。恐ろしいのは、できるはずがないことを、真顔で言ってのける御槌だ。できると信じ切っていることがこわい。

本当に孕まされそうで、こわい。

ここは褒名の知る常識が通じない。世間とは全く異なる摂理が罷《まか》り通っている。得体の知れない恐怖が蔓延《まんえん》している。

同時に、悔しさが募った。

人を思い通りにしようとするその性根が気に入らない。人が思い通りになると思っている自信家すぎるところもなんだか気に食わない。そんなふうに思われていたことが悔しい。

なのに、褒名は、もしかしたら自分自身にも悪い部分があったかもしれない……、などと考えてしまう。

御槌の考えを確かめることを面倒がって、大事なことを後回しにした。独善的だと、御槌の人格を否定する言葉を使った。それはいけなかったと思う。

でも、あの傲岸不遜《ごうがんふそん》な性格は我慢ならない。早い段階であの性格を矯正しておかないと、将来の嫁さんの苦労が目に見えている。

「……って、なんで俺が、あの人の嫁さんの心配をしないといけないんだ。あの人の性格は、あの人の将来の嫁さんが矯正すればいいんであって、俺がどうこう悩まなくてもいいじゃん」

あの人のことは、あの人の将来の嫁に任せておけばいい。

褒名が気を揉《も》む必要はない。

「そうだよ、そう！　あの人の嫁さんに……嫁さん……どんな嫁さん来るんだろ？……美人？　可愛《かわい》い系？　まさかの天然とかのんびりさん？　あの人の趣味が分かんないけど、清楚《せいそ》系とか？　けっこうな亭主関白っぽいし、あぁいうのって一歩間違えたら鬱陶《うっとう》しい男だし……まさかのビッチとか元気系とか体育会系……熟女、いや、ここはひょっとして薄幸臭のする未亡人……あの人の嫁、嫁さん、奥さん、妻、伴侶《はんりょ》、嫁、嫁……嫁かぁ……」

御槌さんの嫁か……。

どんな人がお嫁さんになるんだろう。

「……だぁああ!!」

だから！　俺はなぜどうして！

あの人の嫁のことがこんなに気になるのか!!

「…………あぁーもぉおお、やだぁああー」

頭を抱えて、ごろんと座敷に寝そべる。

ごろんごろん、右へ左へ、ごろんごろん。

「褒名ちゃん」

「……っ!?」

がばっ！　と体を起こす。

「あれまぁ、囚《とら》われのお姫《ひ》ぃさんになっちゃって」

「……どうやって……」

足音もしなかった。

扉が開く音もしなかった。

鉄格子の前に、ネイエが立っていた。

「俺だってそれなりの稲荷《いなり》ですから、御槌の結界を壊せなくても、侵入することくらいはできるんだよ。それよりほら、褒めて褒めて、ご飯持ってきたよ」

袖口から、笹葉に包んだお稲荷さんと日本酒を出した。

どう見ても着物の袖口に一升瓶を忍ばせているようには見えなかったが、ネイエはそこから一升瓶を二本も取り出した。

不思議の積み重ねだ。

それに気づかないフリをしてきた結果が、今のこの状態かもしれない。

「…………」

人知れず、溜《た》め息をつく。

「……や、褒名ちゃん！　落ち込んでないで食べなよ！　ほら！　ね!?　食べて、呑《の》んで、寝て、すっきりしてから考えよ？」

「ご飯はけっこうですから、ここから出してください」

「無理無理無理。だって俺、御槌の御神力《ごしんりき》に介入はできても、破壊はできないから。それより、ご飯食べてないんでしょ？」

「運ばれてきても、食べるつもりはありません」

「大丈夫。御槌が作ったやつじゃなくて、俺が作ったやつだから。……不格好なお稲荷さんだけど怒らないでね。料理は得意じゃないんだ」

「…………」

「俺はどっちの味方ってわけでもないけど、……これはやりすぎだって思うからさ」

褒名の足元に視線を向ける。

繋がれた鎖のせいで、足首の皮膚が破れて傷だらけだ。じわりと血と組織液が滲《にじ》んでは凝固するを繰り返している。

「御槌がね、褒名ちゃんは気性が荒いって驚いてたよ」

「じゃあきっと嫁にしたくないでしょうね」

「強いことはいいことだ、ってさ。あいつもめげない上に、惚《ほ》れちゃってるよねぇ」

「ケンカしてんですよ？　そういう考えになるのはおかしいです」

「これをケンカで済ませちゃう褒名ちゃんも面白いよ。監禁されてるんだから、御槌を犯罪者だって思うのが世の常でしょ？　現世の住人感覚で考えるとさ」

「…………」

「似た者夫婦」

「違います」

褒名は、鉄格子の隙間《すきま》から差し出されたお稲荷さんに手を伸ばした。ぼそぼその稲荷寿司だったが、不器用なりにネイエが作ってくれたのだと思うと嬉しかった。

「はいどうぞ」

「どうも……」

一升瓶をそのまま渡されて、ラッパ飲みする。

これがまた美味《おい》しかった。

褒名はザルだ。ザルを通り越してワクとも言われる。どれだけ飲んでも酔わない蟒蛇《うわばみ》だ。

大学のコンパや、友達との飲み会では嗜《たしな》む程度で、一升瓶をラッパ飲みしたりはしない。

居酒屋の薄い酒では酔おうにも酔えなかったたし、どれだけ飲んでも水みたいなものだった。

何より、肝臓は大事にしたい。

「……美味《うま》い」

この酒は美味かった。

ごっごっ……と喉《のど》を鳴らして酒を呷《あお》る。

「お、いいねいいね！　その飲みっぷり！　お兄さん、そういう子好きよ！」

「……ぶっ、はぁ！」

これはいい。ちゃんと味のする酒だ。

「ささ、もっともっと」

「ほんまに旨《うま》い」

「あーん、いい飲みっぷり！」

「足りない」

「はいはい、こちらもどうぞ！」

「わー……すげー……」

二本だけだと思っていた一升瓶が、次から次へと、ネイエの着物の袂《たもと》から出てくる。

まるで手品だ。

面白くて、きゃっきゃ、と手を叩《たた》いて笑った。

それで気をよくしたのか、ネイエは魔法のように酒瓶を出してくれる。

「こっちはね、三輪《みわ》の酒、これは此花《このはな》の酒、こっちは三嶋《みしま》の酒、とっときだけど、ぜぇんぶ褒名ちゃんにあげちゃう！」

「いただきまーす！」

「きゃー！　かっこいいー！」

豪快な飲みっぷりに、ネイエも両手放しでおおはしゃぎする。

なんだ、こんなに飲めるなら遠慮しないで最初からネイエと御槌の酒盛りに参加していればよかったのに……。遠慮なんかしちゃってさ、こんなに楽しいお酒なら大歓迎なのに。

……なんて、大きな口を叩いていたのも束《つか》の間。

「っしゃー！　おら、次持ってこいやぁ！」

「……きゃ、きゃー……？」

「足らへんぞ!!」

褒名は、胡坐《あぐら》をかいた足元に、一升瓶をどん！　と置く。

「あ、は、はい!!」

そそ、と慌てて次の一升瓶を差し出す。

調子に乗って勧めすぎたとネイエが気づいた頃には、褒名の周囲には空き瓶がごろごろ転がっていた。

「あー……やばい、マジでほんまウマい、……っんやねん、これ半端ないわ……おい、次！　次や……って聞いてんのかっ!?」

「ひゃいっ！」

ネイエは、なぜか鉄格子の前で正座になる。

「……ったく、遅いねん、用意しとけや……」

「す、すみません……」

「あー……もー……んでこんなシケた場所で飲まんなあかんねんな、ほんまシラケるわ。ないわー……酒が可哀想《かわいそう》、ええ気分で飲んだりたいのになー……あー……いやそれにしてもこれほんま旨いわ……」

ぶつぶつ。独り言を喋り出す。

「……や、褒名ちゃん？」

「あんのクソ御槌っ!!　てめぇが一番えらいと思ってんちゃうぞボケ。マジでないわ、順番考えろや、順番。したらこっちも、もうちょっと出方考えるっつーの！　焦りすぎ。マジで孕むと思ってんのか、ちんこ嚙み千切んぞ。……どうせ俺は童貞でやっちゅーねん、悪かったなぁちくしょう……施設出たくて勉強ばっかしとってん。塾にも通う金なんかあらへんから、必死やってん。ひっ、く……経験なく、て、悪かったなぁ……っ」

艶《つや》っぽい涙目で、頬はほんのり薄桃色。御槌に殴られた箇所は赤く腫れているし、鼻血もそのままだが、にこにこと笑っていて、とても幸せそう。なのに、薄く微笑《ほほえ》んだ唇で、悪《あ》しざまに御槌を罵《のの》り始め、そうかと思えば、急にぐすぐすと鼻を啜《すす》り出す。

「褒名ちゃん……もしかして、大トラ……」

「あぁっ!?　足らんぞ酒！　早《は》よ持ってこいや！」

「ぴゃっ！」

ぴょんっ！　と尻尾と耳が飛び出る。

この子、酒乱の人だ！

「……んやねん、それ、ほんまもんか？　あ？　……はは、すげーふわふわ、軟骨ごりごり、しっぽふかふか」

「いた、いだだだだだっ……！」

「痛がってる暇あったら、酒持ってこーい！」

「褒名ちゃん、落ち着いて!?　妖気ダダ漏れになってるよ……ていうか、褒名ちゃんて妖力強いんだね!?　さすがは葉狐の一族だね？　お母さんの力……いや、これ、……お父さん？　お父さんてば、巫術《ふじゅつ》が使えるの？　褒名ちゃん、二人分両方持ってるの？　それ最強じゃない？　……え、痛い痛い、尻尾痛い!!」

「わけ分からんこと言うてんちゃうぞ‼　お前らなぁ！　お前らの常識でモノ話しすぎやねん！　たまにはこっちの常識で喋らんかい！　てぇか俺の常識で話せや‼　あぁっ⁉」

「ご、ごめんなさい！」

「えぇから酒持ってこい‼　酒‼　酒‼」

「ひっ、い‼」

ぐるん！　と尻尾を巻いてネイエは煙のように掻《か》き消えた。

早く酒を持ってこないと、褒名の力で消し飛ばされる。

この子こわい！　無自覚だ！

力が制御できていない。妖力の垂れ流しだ。

消される‼

「……あれー……？　消えた？　ねーいーえーさぁーん、きーえーたー‼　ぎゃはは‼　どこ行ったーん？　酒！　酒！　消えた！　おらんようなった‼」

一升瓶を逆さにして、最後の一滴まで舌の上に垂らす。

「……ふざけんなー‼」

何が嫁だ。何が若様だ。何が子供だ。何が妖力だ。

何が実母が人間ではありません、だ！　何がここで一生このまま、だ！

そんなことより他に、先に何か言うことがあるだろうが！

「ふざけんな、そういうの……順番ってもんがあるやろが」

そしたら、こっちだってもっと物事を順当に考えてやるのに。

「……だー‼　むかつく‼」

鉄格子を蹴《け》った。

相変わらず、びくともしない。

「むーかーつーくー！　いろんなことにー！」

南京錠を摑む。

ばちん！　南京錠が壊れた。

「……んー………？　あるぇぇえ？　壊れたぁ？」

あれだけビクともしなかったのに、手で触れただけで、粉々に砕けた。

「壊れた！　砂みたい！　ぼろぼろ！　何これ！」

きゃっきゃや。両手を叩いて童子のようにはしゃぐ。

これで自由だ。

小さな出入り口をくぐり抜け、牢の外へ出た。

「……ぉぉお」

足元、ふわふわ。雲の上を歩くみたいな柔らかい感触。

お星様、きらきら。雪の結晶のように輝く、宝石みたいな七色。

「家の中なのに、おほしさまー」

えい、えい。お星様を掴まえようと、虚空《こくう》に手を伸ばす。

「掴まんないー、ふしぎー、なんでやねーん、まぁえっかー」

施錠されていた木戸も、不思議なことに、なんの抵抗もなく開いた。ばちん！　と大きな音がしたが、気にしない。無限にも続く長い回廊をぐねぐねと歩き回り、階段を上ったり、下りたり、愉快な気持ちで外へ出た。

「ふぉ！　外!!」

それも、国道だ。

ガードレールがある。中央分離帯もあるし、照明も、道路標識もある。人工物を久しぶりに見た褒名は、動物園にきたのと同じ感動を覚えた。懐かしくも目新しく、物珍しい。

「帰ろー……」

おうちに帰ろう。

ふよふよ、ふらふら。

天気の良い昼間の国道を、千鳥足で歩いた。

ところが、歩けども歩けども蜃気楼《しんきろう》のように揺れて進めない。

「んー……？」

手を伸ばす。

ばちん！　と電気が走った。

「いたい……」

慌てて手を引っ込める。

なんの変哲もない場所なのに、その辺りだけ、うようよと空間がうねっている。

また、ばちん、ってきたらやだなぁ……と思いつつ、足を一歩前へ踏み出した。

なぜか、その先に行けなかった。

足を踏み出した場所に、戻っていた。

「……？」

酔っ払ってるのかなぁ？

不思議だなぁ。

ここから先に、出られない。

帰りたいのに。

幾度となく足を前へ踏み出しても、蜃気楼の先へ行くことができなかった。張り巡らされた薄膜が優しく肌にまとわりつき、柔らかく弾み、褒名を内側へ押し戻す。何度も、何度も、何度も、同じことを繰り返すことに飽きてきた頃、空間にひずみを見つけた。

あぁ、そうか、ここから出ればいいんだ。ここから壊せばいいんだ。

「……ごめんね？　邪魔なんよ」

その綻《ほころ》びにそっと触れた。

どん!! 落雷に似た轟音《ごうおん》が鳴り響く。

きゅっと首を竦《すく》め、そろりと周囲を見渡すが、実際には雷は落ちていない。だが、空気が震動した。もしかして……と少しビクつきながら、褒名は一歩前へ足を踏み出した。

ちゃんと、蜃気楼の向こう側へ出られた。

「ふふー、変な夢ー……」

機嫌良く、すいすいと前へ進む。

帰る、帰る、帰る。頭の中はそれでいっぱい。

「あ、こっち行ったらホテルだ」

本来、宿泊する予定だった宿泊所へは、この細い坂道を登っていけば辿《たど》り着ける。破格値で泊めてもらえる宿舎。食事だってついている。大衆浴場もある。携帯電話も充電できる。変な村じゃない。ちゃんとした近代的施設。本来、褒名がいるべき世界。

「……こっち?」

ふらふら……と誘われるように足を向けた。

整備された細い道路を進むと、木々の向こうに鉄筋コンクリートの建物がそびえ立つ。

途中から、歩道は砂利道に変わり、足場の悪い獣道になり、周囲に草木が生い茂り、泥土の悪路となり、薄暗く、肌寒く、視界も悪くなる。

「…………きもちわるい」

空気が澱《よど》んでいた。生臭い。血腥《ちなまぐさ》い。腐った肉の臭《にお》いがする。ガスが発生しているのか、硫黄《いおう》臭が鼻を突く。

「……ぅ、ぶ、っ……ぅえ、ええぇ……っ」

茂みに膝《ひざ》をつき、吐いた。

ばしゃばしゃと滝のように酒が溢《あふ》れる。

胃の中で発酵しておらず、そのままもう一度飲めそうなくらい良い匂《にお》いがした。これは申し訳ないことをした。悪い酒の飲み方をしてしまった。酒を造った人に申し訳なくなる。

「……げっ、えぇえっ」

だが、吐くのを我慢できなかった。

酒の悪酔いで吐くのとは違う。言うなれば、繁華街に出かけて、ひどい人酔いをした時のそれに近い。大勢の人間が密集した場所で、見知らぬ他人の肌がべったりと張りつき、身動きが取れず、酸素が薄く、体臭が混ざり合い、換気されないまま空気がどんよりして二酸化炭素が増え、他人がぺちゃくちゃと喋る声が遠慮なく耳に入ってきて、脳味噌《のうみそ》の中を掻き回す不快感。心臓がどしんと重い。頭が痛い。耳鳴りがする。胃の辺りがもやもやする。空気が悪い。悪臭がする。獣臭い。排泄物臭い。

「……けもののにおいがする」

頭はすっかり冴《さ》えていた。

酒は抜け切っていないが、到底、気分良く酔っていられる雰囲気ではなかった。

ここはなんだか自分と相性が悪い。体がこの場所を受けつけない。早く帰ろう。

「大丈夫ですかぁ？」

褒名の背に、男が声をかけてきた。

シャツとジーンズ姿の、どこにでもいる青年だ。首から宿泊所の名札をかけている。

「……夢じゃない？」

これは、夢じゃない。

現実だ。

褒名はようやくそれに気づく。

「あの、具合悪そうですけど……」

青年は、心配そうに褒名の傍に膝をつく。

「はい、いえ……大丈夫です……」

口元を押さえて、頷《うなず》く。

他人の臭いが、今は耐えられなかった。他人の臭いが分かるほど間近くにいるわけでもないのに、顔を顰《しか》めるほどきつい臭いがした。

頭ががんがん鳴る。

早くここから離れろ。

誰かが、褒名の腹の中で叫ぶ。

「休んでいかれたらどうです？」

「……いえ、大丈夫です！」

男に摑まれた腕を振り払った。

潔癖症でもないし、汚損恐怖症でもないし、接触恐怖症でもない。それなのに、親切で声をかけてくれた男が、どうしても気持ち悪いと思ってしまった。

腹の底がぐるぐるする。

熱い。御槌にキスされた時のあの感覚だ。あの感覚が、腹の中で膨らむ。

これまでに何度もされたキスで溜め込んだ、あの、甘い疼《うず》きのような熱が一塊になって、褒名の内側で暴れている。

不思議と、不快ではなかった。これはむしろ、気持ち良い。油断すると涎《よだれ》を垂らしてしまいそうなほど、気持ちが良い。さっきまでの気色悪さを打ち消してくれる。

外側から褒名をとりまく腐臭と、腹の内側の絶対的な熱が、相反する。

「ほら、強がってないで……」

「……すみ、ませ……触らないで……」

口では断るが、強い力には抗えず、次第に意識も遠のく。

「でも、一人で歩けないじゃないですか。大丈夫ですよ、すぐに休めるところへお連れしますから。まったく、こんな軽装で山歩きなんて……おい、誰か来てくれ！　病人だ！」

「分かったー！」

「任せろ！」

「すぐに行く！」

「こっちへお連れしろ‼」

「おい、逃がすなよ！」

「分かっている！」

「久々の客だ、丁重に扱え‼　これから我らの仔を産む狐だ！」

「言葉に気をつけろ、まだ聞いているぞ！」

「もう聞こえておらんよ！　見ろ、この狐、弱っておる！」

「唾つけた狐が、自ら餌《えさ》になりに来たわ！」

「朱塗り袴《ばかま》のおさの結界を自分で壊しよったわ！」

「おかげでわしらは出入り自由じゃ！」

「今頃、信太の狐どもは大慌て！　あほうじゃ、あほう！」

「焦るな、巣穴へ持ち帰れ。コレは、我らが一族の全員で順繰りに回すのだぞ。ひと冬はこらえてもらわねば困る」

「いや、せめて、ひととせは持ちこたえてもらわねば困る！」

「そうでなくては子が増えぬ！　これの神力があれば我ら大神は信太の村にも攻め入ることができようて！」

「あの黒大槌《くろおおづち》の男を噛み殺せようて！」

「朱塗り袴のおさを嬲《なぶ》り殺せようて！」

「憑《つ》きもの槍《やり》の小童《こわっぱ》めを血祭りにあげようて！」

「血肉を喰らおう！」

「その血肉を、この細こい狐に食らわせて、くちた腹に種つけよ!!　我らの仔を産ませ、その仔の仔もまた産ませよ!!」

ぉぉおお！　天高く、哮《たけ》り立つ。

獣の声だ。

「………」

褒名は、今にも手放してしまいそうな意識の中で、両目を抉《こ》じ開けた。

薄暗い岩肌が見えた。いつの間にやら、ここへ運ばれたらしく、横倒しになって、寝かされている。背骨と肩甲骨にごつごつと硬い岩盤が触れる。

身動きがとれない。誰かに組み敷かれている。手足に爪《つめ》が食い込み、肉が裂け、血が溢れる。生臭い舌が、びちゃびちゃと血を舐《な》めとる。一人や二人ではない。一匹、二匹と数えるべきだ。褒名の体を、幾つもの光る眼が覗き込む。

図鑑で見た日本狼《おおかみ》に酷似していた。

ただ、あれよりはもっとずっと大きな体軀《たいく》をしているが……。

太腿《ふともも》にかかった爪が、両脚を強引に開く。股関節《こかんせつ》が、ばきんと外れた。筋や腱《けん》は千切れて、骨盤が割れる。痛みの代わりに下肢は弛緩《しかん》し、小便を垂れ流す。

だらしなく開いた足の間に、大きな図体が、のそ……と潜り込む。獣臭い。顔を背けると、生ぬるく、ぬめった涎がぼたぼたと滴り落ちてきた。

「おぉおおぉ、久々の馳走《ちそう》じゃ」

「これを我らのメスに」

「慰み者に」

「これを孕ませた者には褒美を遣わす」

ぎゃっぎゃ!!

下卑た哄笑《こうしょう》が響く。

我が、我が、我こそが……と褒名の体に獣が群がる。筋肉質な毛むくじゃら。四つ足で、牙《きば》が鋭い。交尾と捕食が同じ枠組みなのか、体のあちこちに牙を立てられた。

皮膚の上を、ざらざらとした舌が這い回る。舌背に尖《とが》った返しがついているのかして、肌を削り、無数の擦り傷を作る。

「狐の腹に、黒御槌がおりよる」

「これが邪魔をしよる」

「本体ではない。幾何《いくばく》かの残り滓《かす》じゃ」

「ようさん腹の中にはおらん。穢《けが》して追い払え」

股《また》の間で、獣が蠢《うごめ》く。褒名を犯したいのだろうが、仲間同士で順番争いをしていて、一匹が長くその場所に留まれず、挿入できない。

ぎゃう！　ぎゃう！　獣の咆哮《ほうこう》が上がるたびに、びちゃっ、と獣の血と精液が飛び散った。

力の強い獣は、腹の中に押し入る一番争いを続け、それに脱落したものは、手、脇《わき》、足、腹、臍《へそ》、髪、頬、首筋、あちこちに手当たり次第、小汚い陰茎をなすりつける。

我慢しきれず暴発した獣の精が、腹にかかった。するりするりと滑る髪が心地良いと髪を摑まれ、そこにもかけられる。悪臭のする陰茎を頬になすりつけられ、「ふにふにと良い心地じゃ」と顔にも浴びせられる。

褒名の体に、獣が群がる。体全部あますところなくマーキングされている。穢れていない場所がない。汚い。臭い。気色が悪い。

「……み、づち、さ……」

喘《あえ》ぐように、その名を呼んだ。

戦慄《わなな》くその唇さえ、粘ついた精液でうまく動かなかった。

「みづちさっ、……みづ、ち……」

「黒御槌は来ぬよ」

「来ようにも、ここは大神の領地、狐の鼻は利かぬわ」

「み、っづち、さ……っ！」

呼べば来る気がした。

名前を呼べば、それだけであの男が褒名のもとへ馳《は》せ参じる確信があった。

腹の奥が熱い。自分以外の熱がそこにある。それが、力を増して、強くなる。

「……御槌!!」

叫ぶと同時に、ドン！　と地面が揺れた。

まるで地震だ。縦方向の衝撃に襲われ、一瞬、地面から体が浮く。その直後、続けざまに空気が振動し、地響きが起きた。そのたびに、ドン！　ドン！　と太鼓に似た破裂音が轟《とどろ》く。岩窟《がんくつ》の天井から、ぱらぱらと細かい石が落ちてきた。

間髪いれず、ざぁざぁと地表を叩く雨音が聞こえ始めた。土砂降りの豪雨だ。あっという間に岩窟の中に水がしみてきた。外では、ごろごろと雷雲が唸《うな》り、雷鳴と雷電が同時に走り、落ちる。洞窟の闇《やみ》を明るく照らす、黒い光だ。

「黒御槌！」

「黒御槌が来よった！」

「逃げよ！　逃げよ！　崩れるぞ!!」

獣が狼狽《うろた》える。

及び腰で右往左往し、中には尻尾を巻き、耳をしゅんとさせて丸まっている獣もいる。

ばりばりと天が裂け、岩窟の真上に雷が落ちた。がらがらと音を立て、天井や壁が崩れ始める。人の頭よりも大きな石が次々と落下し、獣を押し潰《つぶ》す。雷はなおも落ち続け、雨水を媒体に落雷が獣を焼き殺す。目に見えて電光石火が走り、黒光りする。

褒名の股の間で、舌を出した狼が、ぐでんと息絶えている。崩落した天井の下敷きになり、逃げ遅れた大半の獣は生き埋めになった。

不思議なことに、数多《あまた》の獣が血を流せども、褒名ただ一人だけは傷ひとつ負わなかった。仰臥《ぎょうが》したまま、落ちた天盤の向こうに広がる曇天を仰ぎ見る。清らかな雨水が、褒名の体にへばりついた獣の精を洗い流す。

「御槌、さん……」

御槌がいた。

真っ黒の着流しが雨に濡れて、どこからが御槌の体で、どこからが暗雲立ち込める空なのか判別がつかない。雷に照らされた刹那《せつな》にのみ輪郭が際立ち、足元の影が濃くなる。

そこには、耳と尻尾があった。

真っ黒で、艶のある、大きな狐の耳と尻尾。

御槌は、自分の背丈よりも大きな槌を肩に乗せている。それも真っ黒で、とても重そうな鉄槌だ。大槌の柄に手をかけ、ぶんと振り回す。重力を無視した動きだ。感性の法則に則《のっと》るなら、槌と柄の部分から折れてしまうだろうに、柔軟に撓《しな》り、円弧を描く。

どん！　大槌が地面を叩いた。

地震のような音はこれだ。その衝撃とともに、昇竜にも似た雷撃が天へと昇る。

「褒名！」

「…………」

御槌のもとへ行きたいのに、足はおろか指一本動かせなかった。さっきまではあれほど、御槌、御槌……と呼んでいたのに、今はもう、声も出ない。

ひゅー、ひゅー……と隙間風が自分の肺から漏れる。狼の牙に喉を裂かれ、息をするのも難しい。

最後の力を振り絞り、感覚のない下肢で、ずりずり……と蛇のように地面を這った。

「逃がすか」

赤毛の狼が、褒名の脚を摑む。

二本脚で立つと、褒名の背丈よりも大きな狼だ。返しがついた獣の爪は、獲物の肉を抉《えぐ》るように引っかかり、逃がさない。

唾液《だえき》が、ぼたぼたと褒名の頬に滴る。股座《またぐら》に、熱いものがなすりつけられる。小便のように先走りを垂らした性器だ。気味の悪いくらい大量のそれが、褒名の剝《む》き出しの太腿を濡らす。

「大神を産め、葉狐のメス。矮小《わいしょう》な狐を産むよりも、カラの立派な大神の仔のほうが産道が拡《ひろ》がり、心地が良いぞ」

「……ひっ」

「それに触れるな！」

褒名にかかる毒牙《どくが》を、御槌が薙《な》ぎ払った。

冷たい風が、褒名の頬を撫《な》でる。

大槌を振り回した遠心力で起きた風は狼を吹き飛ばし、石くれにぶつける。

赤い狼は、ぎゃう！　と鳴くと同時に体を起こし、牙を剝いて御槌に飛びかかった。

狼は速い。四本脚のバネで俊敏に跳ね回り、御槌の腕に喰らいつく。御槌は怯《ひる》むことなく反対の腕で狼の首根っこを摑み、引き剝がす。

「大神惣領《そうりょう》、死にたいか！」

「黙れ黒御槌！」

狼の尻尾が、紅蓮《ぐれん》の炎に燃える。耳も、手も、脚も、赤煙《せきえん》とともに炎を巻く。

燃えているのではない、焔《ほのお》を使役している。

雨水を蒸発させ、御槌の周りを焔で取り囲む。ぐるぐると唸り、威嚇《いかく》し、御槌との距離を詰める。歯茎を剝いた野卑な口角からは、ぶすぶすと黒煙が立ち込め、焔がちりちりと火花を散らす。

「御槌、さ……みづ、御槌‼　逃げろ‼」

何か、こわい。

これには手を出さないほうがいい。

褒名の本能が、そう訴えかける。

だが、御槌は引かない。それどころか、黒鉄色の尻尾をぶわりと拡げ、大神を威嚇する。黒檀《こくたん》色の狐耳を逆立て、真っ向から迎え撃つ。

墨で描いたような黒い狐。

黒御槌だ。

「信太の黒狐が‼」

ぼ！　と鬼火が御槌を襲った。

「稲荷との神格の差を忘れたか！」

「ぎゃ！」

狼の脳天に、黒雷が落ちた。

よくよく目を凝らすと、狼の胴体に、あの大槌が突き刺さっていた。縮尺こそ異なるが、細長い菜箸《さいばし》ほどのそれは、まさしくあの御槌の大槌だ。それが避雷針となり、狼への直撃を許す。

致命打を受けた狼の図体はぐらぐらと揺らぎ、横倒しに倒れる。

雨水が跳ねて、褒名の顔にかかった。

「褒名！」

御槌が駆け寄る。

褒名の足元に膝をつき、着ていた羽織で優しく包む。

泥溜まりに、御槌の長い髪が浸《つ》かって、汚れる。

褒名は、その髪を泥水から掬《すく》い上げた。

きれいな髪が、汚れてしまう。

御槌は全てが黒一色で分かりにくいが、正絹の着物は炎に燻《いぶ》され、ひどく焼け焦げていた。草履を履いた足元は、泥土で真っ黒だ。頬にも牙の痕《あと》があり、破けた袖からは肉の抉れた腕が見え隠れする。

「褒名、怪我《けが》は……」

「ごめ……なさい……」

「……？」

「……ごめ、ん、なさい……」

ただただ全てに謝りたくなった。

この人に怪我をさせてしまった。

そんな愚かな自分を殺したくなった。

両手で顔を覆い、ごめんなさいと何度も謝った。

顔を見られるのも恥ずかしいと思った。

「……褒名」

「ごめんなさい、ごめんなさい……」

抱きしめられる。

ふわりと優しく、大きな懐の内側に抱き込まれる。本気を出せば、褒名の体などひとたまりもなくへし折ることのできる男が、力加減を気にしながら、そろりと背中に腕を回してくれる。

壊さないように、潰さないように、大事にしてくれる。

大きな尻尾が、ふわりと褒名に巻きついてくる。

守るように。

「痛いだろう?」

「いたくなぃ、わかんない、いたくない……いたくないから……大丈夫、です、ごめんなさい、御槌さんが、みづっ、ひ……さんぁ、けが……けが……、火傷《やけど》……」

「落ち着け、すぐに代わってやる」

「……ん、ぅ」

唇が重なる。自分の唇に、獣の精液がかかったことを思い出し、顔を背ける。

抗いきれぬ強さで顎《あご》を掴まれ、引き戻される。押し入ってくる舌を押し返すと、駄々を捏《こ》ねるなと頭を撫でられた。

「ぃ、や……いやで、ぅ……やだ……いやだ……っ」

「代わってやるだけだ、すぐに終わる」

「……ん、ンっ、ぅ……んー……！」

強引に唾液を飲まされる。

すっかり空っぽになってしまった腹の中が、また、御槌で満たされる。

「……っ！」

びく、と足が跳ねた。骨盤や神経が繋がり、関節の外れた脚が動くようになる。肉を抉られた傷は塞《ふさ》がり、流血も止まる。痛みは皆無だと思っていたが、体が元に戻ると、痛覚も戻り、残留する鈍痛に眉根《まゆね》を寄せた。

「みづち、さ……」

「動けるか？」

「はい、動けます。けど………どういう、こと……」

不思議なことをそのままで放置するのはやめた。

そうしてきた結果が、御槌との仲違《なかたが》いだから。

こればかりは、確かめないといけない。

御槌の体に、そろりと触れる。褒名が怪我をしていた部位に、傷ができている。両足はかろうじて動くが、誰かに肩を借りなければ、歩くこともままならないだろう。

「すまんな、八割の肩代わりだ」

きちんと繋がっていないうちは十割を引き受けてやることができない。

「引き、受ける……」

「お前にも少し残ったままだ。すまん」

「俺の身代わりになったってことですか？」

「お前には耐えられん。俺のほうが丈夫だ」

「ちゃんと答えてください。身代わりになったってことですか？」

「…………あぁ」

「……このっ!!　あほ！」

「…………」

御槌が、眇《すが》めた眼を大きく見開く。

「あほっ！　ばか……っほんま、何、考えてっ……なんで俺の代わりにアンタが怪我せんとあかんのっ……なんでっ！」

「なんでと言われてもな……」

「そんなんして欲しくない！」

あほ！

その怪我、俺に返せ。なんでアンタだけが痛い思いしなくちゃならないんだ。俺だって
それくらい耐えられるんだ。

「あほ！　ばか！　きらい！　そういうことするのきらい！」

力の入らない拳で、御槌の肩を叩いた。

「……すまん」

御槌が笑う。

そんなふうに幸せそうに微笑まれると、何も言えなくなる。

「……もぉ、何なん……そういうの、こまる……なんも、言えんくなる……なんで、そう
いうこと、すんの……」

「さぁな、そうしたいからだ」

褒名の後ろ頭を抱いて、すり、と頬をすり寄せる。

三角耳が、嬉しそうにぴょこぴょこ動く。褒名一人ぐらいなら寝転べそうなふかふかの
大きな尻尾が、たしたし、と地面を叩く。真っ黒のつやつや、豪華な綿入り布団みたい。

その尻尾が、びゅっ！　と逆立った。

「……御槌、さん？」

「褒名、後ろにいろ」

褒名を背後に庇《かば》う。

黒焦げの狼が、ゆっくりと立ち上がった。焼け焦げた毛皮と、生焼け肉の臭気が立ち込める。血肉をぼとぼとと垂らしながら、それでも、全身を焔で取り囲む。

御槌は褒名の怪我を肩代わりしている。さっきのようには動けない。

狼も死に物狂いで、相打つ覚悟だ。

「ぉぉおおお!!」

顎まで裂けた口から、黒炎を吐いた。

生臭い。鼻がもげそうなこの悪臭。腐ったあの臭いだ。

「吸うな、毒だ」

御槌の手が、褒名の口と鼻を覆う。

残り少ない力で、褒名だけを守る。御槌自身は息こそ止めるが、皮膚から侵入するそれを塞ぐ手立てがない。

全ての力を褒名を守る為だけに使っている。

「ぎゃう！」

狼が突進してきた。

まるで狂犬病だ。長い舌を出して、飛びかかってくる。

「御槌！」

咄嗟《とっさ》に、褒名は前に出た。

御槌の頭を抱きしめ、庇う。

襲いくるであろう激痛に耐える為、ぎゅっと瞼《まぶた》を閉じる。

ところが、幾ら待てども、その痛みがやってこない。どうしたんだろう、何が起きたんだろう、まさか御槌がまた肩代わりしたんじゃ……と、恐る恐る薄目を開けた。

一面、白い世界だった。

雪ではない。空気が白かった。きらきらと純白に瞬き、お星様がチラつく。雨と煙でどす黒く、凍《い》てついた空気は、ふうわりと温かく、やわらかい。雨は止《や》み、毒煙は消え失せている。金とも、銀とも、白とも、喩《たと》えようのない色味を帯びた天は晴れ渡り、褒名と御槌を包み込むもの全てが優しい色合いで満たされている。

「褒名、褒名!!」

「……ぅあ、はぃっ!?」

「力を抑えろ、お前が壊れる」

「え、壊れ……抑え……っ!?」

なんのことか分からない。

白い世界はどんどん拡張されて、世界の全てを飲み込む勢いだ。

自分で抑えようにも、抑えられない。第一、これが自分の力なのかさえ分からない。

「落ち着け、お前の力だ」

「だ、だ……って、今やめたら、御槌さんが怪我する。あいつらが襲ってきて、悪いことする。だから、あいつらの居場所は全部飲み込んで、消したほうがよくて、だって、また御槌さんに逆らうから……狼は、俺の言うことなんて聞かないから、俺に逆らうから、それなら、全部、飲み込んで、消してやる」

消してやる。全部、消し去ってやる。魂も、存在も、何もかも、消してやる。

御槌を傷つけるなら許さない。

「褒名、やめろ」

「消したほうがいい。だって、葉狐の褒名に逆らうんだから。白狐に逆らうなら、魂魄《こんぱく》から全部ひっくるめて消すべきだ。二度と権現できないようにしてやる」

「やめろ、それ以上するな」

「褒名の黒御槌に手を出したら、魂魄ごと喰い千切って、寸刻みにして、永劫《えいごう》に苦しめてやる」

「褒名!!」

「……っ！」

強い口調で名を呼ばれた。

御槌が、まっすぐ褒名を見つめている。

「戻ってこい」

「…………」

「お前の御槌はここだ」

「……みづ……ち、さん」

「そうだ」

「御槌さん」

「あぁ」

御槌の両手が、優しく褒名の頰を包み込む。

大きな手の平はあったかい。

どちらからともなく、するり、と頰を寄せ合う。鼻先をくっつけて、匂いを嗅《か》ぎ合い、唇を軽く触れさせる。

「大丈夫か？」

「はい」

大きく首を縦にする。

もう大丈夫だ。

白い世界は、急速に収束し、元の景色に戻る。不思議なことに、雨も、煙も、焔も、消え失せ、崩れた岩窟も全てが元の形を取り戻していた。

「お前の結界は見事だな。何もかもを元へと戻す上に、俺の怪我まで癒《いや》した」

「よく分かりません。どういうことですか？」

「白狐、耳と尻尾が出ているぞ」

「……っ⁉」

御槌が、褒名の頭に触れた。

ぴょん、と大きな三角耳が飛び出ていた。

「尻尾もある」

綿毛のようなふわふわ尻尾の根元を掴む。

「ひゃっ！」

「あぁ、すまん」

「……っふ」

へにゃん、と腰砕けになる。それに連動して、尻尾もへにゃへにゃ。

真っ白のふぁふぁは、もっさり、もったりしているのに、ちっとも重くない。羽毛よりも軽いのに、そのくせ、しっかりと神経が通っているのかして、御槌に尻尾を触られただけで、ぞわぞわ、そわそわ。びりびりと背骨に電気が走って、落ち着かない。

なのに、この尻尾ときたら……。

「あ、あれ……え……あれ……？」

自分ではそんなことするつもりはないのに、御槌の黒い尻尾に、自分の白い尻尾を巻きつけ、きゅう、と絡みつく。

まるで、ぎゅうして、ハグして、抱きしめて、ぴったり一緒にいて離さない。

そう宣言しているようで、恥ずかしい。

「す、すみませ……あの、他意はなくて、あれ、なんだろ……これ、離れない……すみません、御槌さん、すぐ、離しますから……あれ？　なんで？　……み、御槌さん……」

「情けない声を出すな」

「尻尾が、言うことを聞きません……」

「そうか」

御槌はちっとも怒ったふうでなく、穏やかに目を細める。

「……ほんとに、あの……すみません……」

「本性が出たな、狐」

「本性……」

「お前の半分は狐だ。これまで隠れていたそれが表に出て、俺を助けた」

御槌が顎で指し示す。

その先には、狼が襤褸《ぼろき》切れのように倒れ伏していた。

褒名の結界は、強靭《きょうじん》にして堅牢。襲い来る敵を、悉《ことごと》く拒絶する。

ただ跳ね飛ばされただけに見える狼だが、あれでは臓物が破裂し、無残なものに成り下がっているだろう。

「……よく、分かりません」

ただただ、守りたい一心だった。

御槌のことしか見えていなかった。

「お前は、強いな」

「でも、戻し方が分かりません」

みょんみょん、たしたし。

もっと暴れたい。御槌さんをいじめた人を許したくない。

尻尾と耳が、強くそう訴えかける。

「お前の望むがままに。それをおさめるのもまた俺の役目だ」

「勘弁してください」

ホッとした瞬間、力の抜けた褒名を御槌が抱きとめてくれた。

今度は、御槌の尻尾が、褒名の尻尾にくるんと巻きついた。

＊＊＊

「帰るか」

「帰る……」

「そうだ、帰るんだ」

御槌に手を引かれる。

褒名の言う帰る家は、信太の黒屋敷。

帰る場所が違う。育ってきた場所のように。

これまでの人生を形成してきた世界が違う。

だから帰らないといけない。

きちんと家に帰って区切りをつけないと、今の自分を受け入れられない。このままこの村にいたら、自分が曖昧《あいまい》になってしまう。

人なのか、狐なのか。

「家に、帰る……でも、帰る家が、……違う」

「だから、家に帰れ」

「帰りません。黒屋敷はまだ俺の家じゃない」

「分かっている、お前はお前の家へ帰りたいんだろう？」

「………」

「止めはしない。送っていく」

御槌に手を引かれ、一歩を前へ踏み出す。

移動は一瞬。褒名はもう驚きもしないし、現実逃避もしないし、疑問をそのままにもしない。御槌に説明を求めると、「これも神狐の持つ力のひとつ。得手不得手はあるが、いずれはお前もできるようになる」と答えがちゃんと返ってきた。だから褒名はこれを素直に受け入れた。自分が真っ正直に相対すれば、御槌は真摯《しんし》に返してくれると分かったから。

二週間ぶりの我が家だ。

狭くて、天井の低い長屋。住人は小料理屋の女将《おかみ》、銀行の事務員、手相見の青年、独居の苦学生、異人の父子家庭。皆、仲が良く、縁側でスイカを食べた思い出がある。

それなりに思い入れもある。自分だけの城で、自分だけの家で、自分だけの巣穴だった。居心地が良くて、あったかくて、気持ちの良い場所を作ってきたつもりだった。

でも、ここには御槌との思い出がない。

それが不思議と、心を寒くする。

「ここがお前の家か」

御槌は背を屈《かが》め、低い鴨居《かもい》をくぐる。

「はい」

「良い家だな」

「ありがとう、ござい……ます」

「お前、よく俺の家で我慢できたな」

御槌は、便利なもので溢れる室内を見回し、嘆息する。物珍しげに、テレビやパソコン、小型冷蔵庫をしげしげと眺めているが、元来、人間嫌いで文明社会に属さない彼の興味はそこまでだ。口にこそ出さないが、「ここは色んな臭いがして、頭が痛くなる」と言わんばかりの眉間の皺だった。

「褒名、他にして欲しいことはあるか？」

「…………」

「言え」

「…………」

「何もないのか？」

「…………」

「では、俺は帰る」

「…………」

引き留めたい。

でも、引き留められない。

黒屋敷を去る時、永遠にさよならするつもりだった。

でも、本当はしたくなかった。

遠恋でもいいんじゃない？　離れていても大丈夫？

なぜかそんな心配をしている。そんな話、御槌からは一度も出ていないのに、褒名が勝手に考えているだけなのに、どうにかして、その方向で落としどころを見つけられないかな……とか、そんな淡い期待を抱いている。

「息災でな」

「……御槌さんは、それで、いいんですか……」

「どういう意味だ？」

「アンタにとって俺はその程度なんですか‼」

「そう思うか？」

「思いますよ！　平然とさようならって言うんですから‼　俺のことなんかたいしてなんとも思ってないんですよね⁉」

嘘《うそ》だ、そんなはずない。

だって、褒名をあんなに心配してくれて、あんなに守ってくれて、あんなに執着してくれた。

御槌のその行動に、嘘はない。

でも、あっさりと引き下がるその態度に、苛立つ。

まるで、よく弁《わきま》えた男のような言い分に、腹が立つ。

褒名が追い縋《すが》って泣きつくことを、なんとなく確信していて、褒名自身もそんな自分が容易に想像できて、むしゃくしゃする。

「腹立つ！」

「褒名？」

「むかつくんです‼　とにかく！　腹立つ‼　……大体ねぇ！　孕めとか言う前に、もっと他に言うことがあるでしょうが‼　順番が違うでしょうが‼　好きとか、添い遂げてくれとか、俺のこういうところが気に入ったとか、これこれこういう理由で傍にいたいとか！　だから俺の仔を産んでくれとか！　そういうのがあるでしょうが‼　そしたら、こっちだって、もっと物事を順当に考えて、柔軟に受け入れて……‼」

「手順を踏めば満足するのか？」

「なんでっ……そんな、俺の我儘聞いてやる、みたいな態度なんですか！　そういうのも嫌い！　あと、急に名前呼びするのも反則！　この間までは、おい！　だったのに！」

「それ……それは、お前に指摘されて悪かったと思うから、呼び方を変えたんだ」

「人に指摘されなきゃ直らない性格っていや！　ちゃんと自分で考えてください！　あと、えらそうな感じがする！　なんか、すごく！　それが癪《しゃく》に障る!!」

「言いがかりだ」

「うるさい！　俺がそうだと思ったらそう!!」

「駄々を捏ねるな！　俺は元来こういう性格だ！」

「じゃあ俺の為にその性格矯正してください！」

「だがな！　俺は人ではなく神狐だ！　これは性格や人格の問題ではなく、神格だ！　元来、生まれつき備わっているものであって、その神階《しんかい》が高い上に、そういう性格を持った神狐なのだ！　これで千年以上を生きてきた！　変えろと言われても……」

「言い訳すんな！」

「………」

「その傲岸不遜が、俺の前で罷り通ると思うな！　俺を嫁に欲しいなら、……俺に子供を産んで欲しいなら、アンタも変われ!!　そんなこともできない男のガキなんか産めるか!!　産むだけじゃないんだぞ!!　その後、子供が生まれたら、親として責任持たないとダメなんだぞ!!　産みっぱなしで施設に預けてんじゃ意味ねぇんだよ!!　ガキは独りでデカくなれねぇんだよ！　愛情持って育てないといけないんだよ!!　一人で生きてるとな、親がいないことで、自分がさみしいかどうかも分かんないんだぞ!!　アンタは自分の言ってる意味分かってんのか!! そんでアンタは俺と結婚したら、俺と幸せになんなくちゃならないんだぞ! アンタ、俺とそうなる覚悟あるわけ!? その為に努力できるわけ!? こればっかりは俺一人がどんなけ頑張っても無理なんだよ!! 二人で頑張んないと駄目なんだよ!! 一緒に頑張るつもりあんのかよ!! それさえ考えてないなら、人生やり直してそういう考え方できるようになってからもう一回求婚しに来い!!」

「褒名……」

「……っなん、ですか……っ!?」

ふは、と大きく吸い込み、吐く。

一気に捲《まく》し立てたせいか、息切れがひどい。

「俺もここで暮らす」

「……はぁっ!?」

「お前と離れたくない」

「…………」

「確かに、俺は……お前が、俺と一緒にいたいと追い縋ってくれるのを期待していた。半ば確信さえ抱いていた。それに甘えて、お前にばかり言わせようとした」

「それで……?」

「……その上で言わせてくれ」

「どうぞ」

「ここにいさせてくれ。お前の傍にいたい。それだけでいい。仔を孕めとは言わん。何かを望むことはしない。知っての通り、家事、炊事、掃除、洗濯、全てできる。裁縫は苦手だが、努力する。それ以外のことも、なんでもやる。ただの同居人だと思ってくれていい。家賃や雑費、食費、水道光熱費も入れる」

「……けっこう、世俗のことよく知ってますね」

むしろ、それに驚きだ。

人間世界のことなんてまったく興味がないと思っていた。

褒名の住んでいる世界なんて、受け入れるつもりがないと思っていた。

「お前がこちらへ戻ると言い出してから調べた。…………一緒にいたかったから」

ぼそ、と小声で白状する。

「…………」

やばい、この人、素直になると可愛い。

「迷惑はかけない。……多少、世間慣れしていない面はあると思うが、そこは朱に交わればなんとやらで馴染んでみせる。だから、傍に置いてくれ」

「俺、ご覧の通り、そんなに性格可愛くありませんよ」

「可愛い」

「酒乱だし、キレると言葉遣いも悪くなるし、酔うと大阪弁だし、御槌さんが好きそうな、清楚でおとなしくて慎ましやかなタイプじゃありませんよ」

「俺はじゃじゃ馬のお転婆の跳ね馬が好きだ」

「俺のことをどんだけ暴れ馬だと思ってんですか」

「そういう照れ隠しをするところも好きだ」

「………」

「ここにいさせてくれ」

「……だめ、ですよ………信太に帰りましょう」

「そうはいかん」

「一度、こっちへ帰ってこれて満足しましたから、大丈夫です」

なんだかすっきりした。

気持ちを伝えられて、気持ちを教えてもらえて、安心もした。

それに、人間臭いだの頭痛がするだので眉間に皺を寄せている人を、ずっとここで生活させるのは忍びない。今でさえ、褒名の為に耐えてくれているのだから。

「褒名、俺は長生きをしていて、その大半を信太で過ごした」

「はい」

「どこで暮らすかではなく、誰と暮らすか、それが大事だ。場所は問題ではない。お前が一生ここにいるなら、俺も一生ここにいる」

「…………」

「俺は、お前の傍にいたい。お前の育った世界を見たい。お前を幸せにしたい。ただ、それだけをしたい」

「…………」

「だから、その……好きだ」

「はい。俺もです」

「……っ!?」

褒名の即答に、御槌は目を剝く。

おそらく、「待ってくれ、時間をくれ」と言われるのを想像していたのだろう。

「俺は、順番を気にするほうなんです。いきなり、孕め、じゃなくて、そこから……そういう大事なところから、二人でやっていきましょうよ」

「……すまん」

「御槌さん」

「なんだ」

「俺と家族になってください」

俺と結婚してください。

俺と添い遂げてください。
どうかよろしくお願いします。
正座をして、深々と頭を下げた。
慌てて御槌も膝を正し、頭を下げた。
ごつん、と二人の頭がぶつかる。
顔を見合わせ、声を上げて笑った。

＊＊＊

一度、信太村へ帰った。万事《ばんじ》丸く収まったと、方々へ説明する為だ。
その後、御槌の荷物を黒屋敷から長屋へ運び込み、俗世での生活が始まった。
その生活の合間に、一度も信太へ帰らなかったわけではない。
信太村で一番の高台に聳《そび》える御神木。その樹根に抱かれた朱塗りの御殿。
最奥に鎮座するのは、村おさだ。
以前、おさと挨拶した時は、御簾《みす》を通してだった。
今日は、御簾を上げて、初顔合わせとなる。
御槌の父親は、巫女《みこ》姿の細面だった。齢《よわい》三千歳を超える天狐だという。男なのか、女なのか……、性別さえも超越した存在。永きにわたり、この信太一帯に結界を張り続けてきた美しい狐。色素は薄く、白なのか、金なのか、銀なのか、判別のつかないまばゆい尻尾と耳をしている。どっしりと構えた風格や、身にまとう空気感は、御槌によく似ていた。落ち着いていて、頼もしい。

おさには、先を見通す力があるのだという。あの日、あの時、ひと目、褒名を見た瞬間からこの迷狐こそ我が息子の嫁だと判じ、御槌にお守りを命じたのだそうだ。

そのおさの隣にいるのが、御槌の母だと説明された。

そこにいるのは、少年のような見た目をした、子供だ。褒名よりもずっと年下に見える。適当に切った短い髪と、夏の部活で日焼けした中学生のような容貌《ようぼう》。まるで成長期を思わせる四肢は、手足が細く、しゅっとしている。つんと仏頂面なのは、プライドの高さ云々《うんぬん》というよりは、中学生の反抗期っぽい。

御槌がいつも真一文字に唇を引き結んだ表情なのは、この母親譲りだとすぐに分かった。

それから、あの黒く艶やかな耳と尻尾、毛並もまた、母親似なのだと。

二人は褒名が壊した結界の修復で、今日まで、朱殿の奥から離れられなかったらしい。

「遠路遙々《はるばる》ご足労を頂いて……」と、恐縮された。

「こっ、こちらこそっ、ご挨拶もせずっ……!!」

褒名は、時代劇で見た、将軍に平れ伏す平民のように、五体投地の勢いで頭を下げた。

「あれ、かいらしい嫁御じゃ」

からからと御槌の父が笑う。

つられて褒名も笑うと、御槌の母も、控えめに微笑んだ。

「お母さんの笑い方、御槌さんにそっくりですね」

「そうか？」

「はい」

家族の雰囲気がある。

褒名には関係のない他人の家族なのに、三人が似ていることがなんだか嬉しい。

他愛《たわい》ないことにも喜びを見い出し、目尻《めじり》を下げる褒名に、信太の惣領一族は、慈しむような眼差しを向けずにはいられない。

「お前も家族だ。それから、俺と新しい家族を作ろう」

「はい」

両親の前なのに、御槌は恥ずかしげもなく、褒名の手を握ってくれた。

「……あぁ、お前さま、ご覧《ろう》じろ。我らの息子が、嫁さまもろうて、あないにベタ惚れしておる。首っ丈じゃ。熱気にアテられるのぉ」

「そうだな」

「わらわのお嫁さまはツレんのぉ、ほれ、こっち見とぉみ？」

「後でな」

「口を吸うてやろうか」

「やめぇ」

美人が少年に迫りまくっている。

少年は顔を真っ赤にして押し返しているが、満更でもなさそうだ。

お邪魔虫になる前に、御槌と褒名はそそくさと退散した。

初顔合わせも滞りなく終わり、町へ帰って数日した頃、褒名は御槌の両親にお礼の手紙を書いた。それから間もなくすると、三つ又の仔狐が手紙を携え、長屋へやってきた。

「式には父母そろって出席します」という、御槌の両親からの返事だった。

「うん？　式？」

二人で手紙を読みながら、褒名だけが首を傾げた。

「……祝言だろう」

「この状況で考えられるのはもしかして……」

「俺と、お前のだ」

「どこからそういう話になったんでしょう？」

「夫婦になると報告したあたりから」

「聞いてないです。いや、夫婦になるのは二人で決めたことですし、確かに報告もしましたけど、結婚式は聞いてないです」

「俺も今、その手紙で知った」

「もしかして……」

「もしかしなくても……」

「村で物凄《ものすご》く盛り上がってる」

「本人たちを差し置いて」

すわ、これは一大事だと、二人して信太へ飛んでいった。

そうしたらば、外堀が完全に埋められていた。

村はお祭り騒ぎで、「やれ黒屋敷の若様のご婚礼だ」「嫁御様がいらっしゃる」「祝言はいっとう縁起の良い日を占った」と、すでに取り返しのつかないところまで進んでいた。

「止めてくる。全力で止めてくるからここで待て」

勝手をするな、と褒名の代わりに大雷《おおかみなり》を落としそうな勢いだ。

「怒んないで、御槌さん」

御槌の袖を引き、優しく宥《なだ》めすかす。

「……褒名？」

「結婚式、やりましょう」

「しかし、お前の意思を無視したこれは……」

「皆がこんなに喜んでくれてるし、それにほら、俺も御槌さんも式をするつもりはなかったですけど、ここまで思ってもらえるなら、一緒になって楽しんだモン勝ちですよ。せっかくだから、二人で、皆が楽しめる式にしましょ？」

台無しにするより、大成功にしたほうがいい。

悪い思い出になるより、良い思い出だ。

結婚式だと思うと緊張するが、盛大なお祭りだと思えばいい。

そうと決まってからは、町と村を日帰りで往復したり、週末に一泊二日をしたりと、目を回す暇もないほど大忙しとなった。

招待状の発送も、一筋縄ではいかない。物の怪《け》やあやかしを相手に招待状を発送するのは、郵便ではなく専門の妖怪へ頼む。

衣装合わせは、機織り姫と鶴の一族へ依頼し、祝いの御膳《ごぜん》や料理の手配はおたけが一切を取り仕切り、雅楽師や花火師はネイエがその縁を最大限に発揮した。

何ひとつとして、褒名の持ち合わせる常識ではない。

だが、そこから逃げて見ないフリをするのではなく、楽しむことができた。

隣に御槌がいるから、何もかもが面白かった。

隣を見上げればいつも御槌がいてくれたから、褒名は、何も怖くなかった。

お返しができないと言っているのに、御槌は、結納までしてくれて、嫁入り道具は、褒名の希望が全て罷り通った。婚礼家具はもちろん、お嫁さまに必要な道具の一切合財、ずらりと居並ぶ結納品はきらきらとまばゆく彩りを添えた。

これこそがまさしく、竜宮の乙姫が授けるという宝物や、舌切り雀《すずめ》が持たせてくれた葛籠《つづら》の中の金銀なのだと、褒名は暫《しば》しお伽話《とぎばなし》の世界に目を瞬《しばた》いた。

信太村の跡取り息子が結婚するとだけあって、村を興しての重大事だ。

褒名一人では勝手も作法も分からず、御槌と相談して、二人で決めた。二人で難しい顔を突き合わせ、あれこれと唸り、考えた。緊張することも忘れ、プレッシャーを感じる余裕もなく、マリッジブルーで憂鬱《ゆううつ》になる暇もなく、毎日を目まぐるしく過ごした。

いざ、祝言の日を迎えると、冴え冴えとした晴天に恵まれた。

褒名は、信太山の滝川で身を清め、白無垢《しろむく》を着せられ、紅を引き、白粉《おしろい》をはたかれた。化粧をした自分を一度も鏡に映すことなく、大座敷へと手を引かれる。

介添人に促され、紋付き袴の御槌の隣に座ると、御槌が小声で「化けたな、白狐」と褒めてくれた。「尻尾、出てますよ」と笑って返した。

何枚も用意された色打掛は、松竹梅、鳳凰《ほうおう》、鶴亀、大槌小槌と大判小判、吉祥文様。角隠しに文金高島田、洋髪に生花を飾った当世風の装いまで、とっかえひっかえ、招待客の熱望があるたびにお色直しをして、お披露目した。

物の怪の婚礼は、十日十夜かけて祝う。

ご馳走膳は、食べても食べても空にはならない。えべっさんの左手にあるような大きな鯛《たい》のお頭に、伊勢であがった大海老、牡蠣《かき》、鮑《あわび》、昆布、大納言のお赤飯に、夫婦蛤《めおとはまぐり》のお吸い物。白木に盛られた紅白饅頭《まんじゅう》。泉のようにお神酒《みき》が溢れる酒樽《さかだる》を前に、皆が酔いしれ、朗らかに笑い、唄い、踊り、耳と尻尾があちこちで飛び出している。

高砂能が奉納され、楚々《そそ》とした雰囲気も束の間、夜が更けるにつれ、どんちゃん騒ぎへと変貌《へんぼう》する。

全国各地、津々浦々、友誼のある狐一族や、鎌鼬《かまいたち》一族、金銀財宝の詰まった行李《こうり》を背負った雀の一族、遙か四国の凶つ神、すぐご近所の吉の神、懇意にしている物の怪や、赤青黒と色とりどりの角鬼らで、座敷は溢れ返る。

皆して、一族を代表した祝いの品を持ち寄り、口々に褒名と御槌を寿《ことほ》ぐ。黒屋敷の大広間は、客が入れども入れども満杯にはならず、幾らでも招き入れる。

狐の童は、おつむに葉っぱを乗せて、くるんとトンボ返り。下手な変化《へんげ》で場を沸かす。一本傘は、破れ傘の上でころころと自分の目玉を転がす。きれいなべべを着た鳥女が、蝶々《ちょうちょう》のように舞う。それに見惚《みと》れて、男所帯の鴉《からす》一族と天狗《てんぐ》一族が、ぽろりと猪口《ちょこ》を手落とすと、ここぞとばかりに、雑妖、雑霊がおこぼれに与《あずか》る。

おたけも、ネイエも、御槌の父母も、その祖父母も、曾《そう》祖父母も、繋がりのあるものは皆して遍《あまね》く、この佳き日を慶《よろこ》んだ。

これぞ神怪による化物婚礼絵巻。

さぁと降り注ぐ、通り雨がまた目出度い。

ああ、狐の嫁入りだ、と誰かが柏手を打った。

＊＊＊

宴もたけなわ。

褒名は、ふぅ、と密《ひそ》やかに息をついた。

着物を着慣れないせいか、時間が経つにつれ重く感じられる。呼吸はしづらく、胸も圧迫される。衣裳も重い。食事を摂《と》る余裕はなく、よしんば食べられたとしても喉を通らないだろう。

しっかりと締められた帯を一刻も早くゆるめて、自由になりたい。

「……？」

ふと、呼吸が楽になった。

御槌が、帯と腹の間に指を入れて、隙間を作ってくれていた。何をどうやったのか、ほんの少し帯の位置が変わっただけで、すっきりと楽になる。

「休むか？」

「……はい」

そうしてもらえると、とても助かる。

渡りに船だと、褒名は首を縦にした。

「おぉ、ご両人、お休みになられるか」

「それはそれは善《よ》きかな善きかな」

「ほれほれ、ご両人のご退出じゃ。道を開け」

「お気張りなっせ」

褒名が御槌に手を借りて立ち上がる間にも、客人たちは声をかけてくれる。

「まぁまぁ、お床入りね」

「えぇえぇ、男入りですねぇ」

おたけの言葉のイントネーションを変えて、ネイエが茶化す。親指と人差し指で輪っかを作り、指を入れるのも忘れない。

「まぁお下品」

おたけが、ぱちん、とネイエの後ろ頭をはたいた。

「……?」

褒名は、にへら、と笑って小首を傾げたが、二人の言葉の意味を問い質《ただ》す前に、大広間から連れ出された。

長い廊下を、御槌に手を引かれて渡る。

ぽ、ぽ……と狐火が足元を照らしてくれた。さわさわ、さわさわ……葉擦れのような、囁《ささや》き声のような気配とともに、物見高い物の怪が、二人の後をついてくる。どこまでついてくるのかと思えば、きっちり寝間までついてきた。

「三猿だ。それができぬモノには、この黒御槌が雷を落とすぞ」

そう言って御槌が追い払い、ぴしゃりと襖《ふすま》を閉じる。

皆、尻尾を巻いて、ぴゅ！　と散り散りに逃げた。

寝間に敷かれた綿入り布団は、ひとつきり。敷き布団は、三段重ね。上掛けは重そうに見えて、軽くてしっかり。枕は二つ。その枕元で、狐火の行燈《あんどん》がゆらゆらと揺らめく。

いかにも初夜っぽい。

「……っ」

背後で、御槌が畳の上を歩く。その音にも、背筋が強張《こわば》った。

大変なことを天然でしでかしてしまった。

「休むか？」と御槌に尋ねられた時、「はい」と即答してしまった。それは、つまりもう俄然《がぜん》やる気で初夜大歓迎！　みたいな返事をしてしまったということだ。

全然、覚悟なんかできていないのに。

この場合、童貞はどうしたらいいわけだ？

頭を抱え込んでその場に蹲《うずくま》りたくなる。

「褒名」

「……っひゃい‼」

みょん！　と耳が飛び出す。

「苦しいんだろう、脱がせてやる」

「……うぁ、……あい」

螺子《ねじ》巻き人形のように、ぶんっ、と首を縦に振った。

「腕を引け」

脱がせた色打掛けを、衣紋《えもん》掛けにかける。しゅるしゅる、しゅるしゅると帯を解き、腰《こし》紐《ひも》を抜き、痩せた体型を補正する為に詰められていた大量の手拭いも片し、あっという間に褒名を肌襦袢《はだじゅばん》一枚にする。

その間に褒名が発した言葉は、「え、ぁ……は……ふはぁ……すげ……息ができる……うわ、え……も、もう？」……もう襦袢一枚？　……という驚きの言葉だけ。

じわじわと脱がされているうちに腹も決まるかと高をくっていたが、覚悟をする前に脱がされてしまった。それも、てきぱきと手際よく、情緒も色気もへったくれもない。褒名は、まるで面倒を見てもらう子供の気分だ。

御槌は片づけも早く、着物がいたまないよう、取り扱いも丁寧だ。

褒名は、襦袢姿で部屋の隅に立ち尽くす。

ゆるゆると雰囲気を作られ、逃げられないように外堀を埋められ、無駄に男前な御槌の色気に呑《の》まれ、ずるずるとそういうことへ至る……んだと想像していたが、しかし……。

現実のハードルは高い。

ここからどう腹を据え、どう振る舞えというのか。

「……褒名」

「ひぁいっ⁉」

「お前、さっきから返事がおかしいぞ」

「ふぁい！」

どうすれば、この高いハードルの上ではなく、下をくぐり抜けられるか、必死で考えた。考えて、考えて、考えて、考えまくって、考えあぐねて、答えが出てこなくて、冷や汗がだらだらと背筋を伝った。

「……まぁ、座れ」

真顔で強張る褒名に、畳を指差す。

褒名は、ずざっ！　と滑り込む勢いで正座した。膝の上に両拳を置き、ぎゅっと握りしめる。頭に血の気が昇り、瞳孔《どうこう》が拡散しているのが、自分自身でも分かった。

御槌は、褒名の対面に膝を突き合わせて正座する。しゃんと背筋が伸びて、ぴしっと整った立ち居振る舞い。その凜《りん》とした姿に惚れ惚れする。

見惚れていると、御槌が腰を曲げ、褒名に頭《こうべ》を垂れた。

「よろしく頼む」

「……っこ、ちらこそっ……不束者《ふつつかもの》ですが……！」

慌てて頭を下げ返した。

うわーうわーうわぁああ新婚さんみたいだ！　なんか嬉しい！

でも、頭を上げるタイミングが分からない。どういうタイミングで、どんな顔をして、どんなふうに顔を上げればいい？　どうすれば雰囲気をぶち壊しにしなくて済む？　どうすれば、この人に気に入ってもらえる？　どうすれば、この人に可愛いと思ってもらえる？　頭を下げっぱなしのまま、今こそが頭の上げ時かとタイミングを計っていると、その頭をくしゃりと撫でられた。

ちら、と上目で様子を窺《うかが》う。御槌と視線が絡んだ瞬間、ぐい、と手前に引き寄せられる。

正座のまま、前のめりに御槌の胸元へ倒れ込む。

「そんなに初々しくされたら、したい意地悪もできんようになる」

低く笑い、褒名の肩を抱く。

初床で、あれもこれもしてやろうと思っていたのに、自分の欲望なぞは全て後回しにして、優しく優しく抱きしめて、ただ添い寝をしてやりたくなる。

「……御槌さん」

「どうした？」

「いじわる、して」

御槌の着物に頬を埋《うず》める。

気恥ずかしい。生殺しの気分を味わうくらいなら、いっそのこと意地悪されて、わけが分からなくなってしまいたい。

御槌の袖を摑み、精一杯の誘う仕種で、ちゅ、と唇を寄せた。

「…………俺の気も知らんで……」

震える唇で、こんなに愛らしい反応をされては、さすがの黒御槌も我慢がきかない。

「御槌さん、なんでそんな凶悪な顔して笑ってるんですか？　……なんで、そんなおっきい口開けて……っ、ぁ」

喉元に、齧《かじ》りつかれた。厚い舌で喉仏を押し潰される。がり、がじ、じゃれつくような甘噛みが、歯型を残す。唇はゆっくりと肌を滑り、鎖骨を辿る。

ふるりと身震いするばかりで、ただ、御槌のそれに翻弄《ほんろう》される。頼り縋ることもできず、行き場のない手指で、畳を掻く。すると、御槌に背中を預ける格好で、膝に抱き上げられた。背後から忍び入った御槌の手指が、胸元を弄《いじ》る。

「……ふ、……は、っ」

大きな手の平が、肌を撫でる。

御槌が触れている。

自分の肌を撫でている。

時折、乳首の端に触れて、それがもどかしさを与える。

ただそれだけで、ただそれだけなのに、なんだか、とてもやらしい気持ちになって、息が上がる。

「み、づちさ……」

「だっこか?」

「………うん」

名前を呼んだだけ。でも、だっこだって分かってもらえて嬉しい。

ちゃんと顔を見て、抱き合いたいから。好きな人を見つめていたいから。

「いい子だ」

「ぅー……」

御槌と向かい合うように抱き直してもらい、その肩口に額を預ける。

「どうした?」

「恥ずかしい」

あぐ、と御槌の肩を噛む。

褒名が引っ張りすぎて、はだけた着物。そこから剝き出しになった肩の筋肉。厚みがあって、張りがあって、固くて、美味しい。頰を寄せて、すり寄って、自分のにおいをつけて、恥ずかしいはずなのに、やめられない。

浅ましく、卑しく、もっと、もっと……とねだれば、御槌は幾らでも与えてくれる。

「お前といると、赤子をあやしている気持ちになる」

「…………興醒め、ですか？」

もしかして、雰囲気をぶち壊しているのだろうか。

子供っぽかっただろうか。

甘え方がよく分からない。

どうすれば御槌を喜ばせられるか分からない。

「気負うな、好きに振る舞え」

「で、も……」

「お前のそういう甘え方は好きだ。……ほら、言ってみろ、他に何がしたい？」

「……髪」

「……？」

「髪に、触りたい」

「黒御槌は全てお前のものだ、お前の好きにしていい」

「…………ふへ」

嬉しい。

そろりそろりと、御槌の髪に手指を絡めた。撫でるように触れたつもりが、ぐいと強く引っ張ってしまい、二人して、勢いよく布団へ倒れ込む。

「……っ！」

「……ぃだっ！」

ごつん、とおでこがぶつかり、二人で悶絶《もんぜつ》した。

おでこは痛いわ、引っ張られた髪は痛いわ、褒名に圧《の》しかかられるわ、三重の災難に見舞われ、御槌が眉間に皺を寄せている。

「……すみ、ませ……っん……すみません、すみませんっ」

「いい、大丈夫だ」

「すみ、ません……あの、頑張ろうと思って……！　雰囲気、作ろうと思って！　空回りしました！　予定では、こう、御槌さんを撫でて、こう……そのっ、こう……っ」

「落ち着け」

「自分で墓穴を掘って埋まりたい」

「何をそんなに空回る必要がある？」

「いっぱい色々したいのに、何をしていいか分からないからです。……あと、俺に手ぇ出して……その、お楽しみ、いただけますか、どうか……」

「どういうことだ？」

「だって、御槌さん、この一か月、全然、俺に……」

手を出してこなかった。

一緒に暮らし始めてから、一度も欲情した素振りを見せなかった。

「……お前な」

はぁ、と御槌が嘆息する。

ごろりと褒名の隣に寝転がり、少し言いづらそうにこう続けた。

「俺が新聞を取りに立つだけで、びくびくしている奴に手を出せると思うか？」

「……あ」

「俺が隣にいることに慣れてもらう。まずはそこから始めたつもりだったんだが……」

口づけは毎日。ただ、それだけで、風呂は別々。眠る布団は同じでも、一切、手は出さなかった。褒名がガチガチに固まって、まるで仔狐のように震えるから、手を出せなかった。

けれども、背中を抱き竦めて寝てやると、とても嬉しそうにはにかむ。

そのくせ、ちょっとでも腰に腕を回すと、途端に半泣きの表情に変わる。

褒名には大学とバイトがあるので、二人で過ごす時間は限られている。その中で、御槌なりに、今日の日の為に、徐々に外堀を埋めてきたつもりだったが……、稚《いとけな》い褒名は、まったく耐性をつけていなかったらしい。

「……俺、どうしたらいいですか？」

「考えなくていい」

「でも、考えないと何もできなくて、失敗しちゃって……、っあの……ごめんなさい……ちゃんと言われた通りにしますから……全部、教えてください……御槌さんの喜ぶことできるようになりますから」

「……分かった」

最高に煽《あお》られる言葉を頂戴したのに、褒名があまりにも悲壮な顔をするので、可哀想になってきた。

何をしていいか分からないなら、何もせず任せておけば自《おの》ずと体が覚えるだろうに、褒名は、少しでも御槌に何かをしてあげたいと思いやってくれる。それだけで嬉しい。

その気持ちだけで、今日までの御槌の忍耐も報われるというものだ。

「……手は首に回せ」

褒名の手を取り、首へ回させる。

おずおずと遠慮がちな仕種も、首周りにかかる柔らかな負担も、何もかもが愛しい。

褒名は、睫毛《まつげ》の触れ合う距離で、御槌のその鼻梁《びりょう》の高さや、翳《かげ》のかかった目元を見つめる。ぼんやり滲む視界で、ただ、声もなく、愛しい人の姿を捉《とら》え続け……どうしようもなく、微笑む。

「怖いなら縋りつけ。お前一人くらい俺が支えてやる」

「あ……ぅ」

返事の代わりに、かぷ、と鼻を齧った。

「それはいいな」

上出来だ。

声も出せぬというなら、そうして齧っていろ。

「んぁ、ぅ」

「脚はこうだ」

「……っ」

襦袢を割って内腿に手が滑り、するりと撫でるように足を開かされる。

「……ン」

褒名は、言われた通り縋りつく。

御槌の手が、陰茎に触れる……かと思えば、それは褒名の勘違いだったようで、腿の付け根を、指の腹でほどよく圧迫されただけだった。

腿から下腹へと撫で上げた手が、腰骨を擽《くすぐ》る。身を捩《よじ》ってくすくすと笑みを零せば、陰

ふわふわして気持ちが良い。どこもかしこも、御槌が触れている。この人の肌は心地がと、同じようにしてくれる。離れ難く、手操り寄せれば、やわらかく手を繋いでくれる。根を撫でる。すると、撫で返してくれる。手の平で腕を撫でさすり、その存在を確かめる手の平が重なり、節立った指が絡む。褒名が親指をほんの少し動かし、御槌の指の付け
　御槌はその手さえ遊ばせてくれない。
ゆるみ、布団の上に落ちた。
かけて、褒名の冷えた体を温めてくれる。すると、最後まで強張っていた指先もふわりと
触れる肌が、一人ではないと教えてくれる。分け与えられる御槌の体温が、長い時間を
肌を這う御槌の舌、指、髪、肌、唇、それらを如実に感じる。
目を瞑《つむ》っていると、感覚が研ぎ澄まされる。
恥ずかしい。
灯《あか》りを消してもらえばよかった。
可愛くない声で唸る。
「……ぅ、く……っぅ」
惑いながらも、甘い疼きを得る。褒名は、御槌の頭を抱え込み、ぎゅっと背を丸めた。
　唇で肌を吸われ、乳首に歯を立てられた。舌の腹で押し潰されると、不思議な感覚に戸
毛に指が絡む。身構えると腰骨の窪《くぼ》みを押され、その力加減に、たまらず嘆息する。

良い。この人の体は、甘ったるい。この人の体温は温かい。ぴたりと肌がくっついているだけで、脳味噌がぽわぽわする。

「……ふ、ぁ」

予期せず、熱いものに陰茎が包まれた。

御槌が褒名の陰茎を口に含んでいる。

「……みづ、っち……さ……っ」

「いいことしかしない」

狼狽《ろうばい》する褒名を押さえつけるように、喉奥まで咥《くわ》え込み、裏筋を舐め上げる。

じゅる、ちゅ……。と強く吸うと、褒名の腰が跳ねた。

「ひっ……」

喉を引き攣《つ》らせ、怯《おび》える。

目の前がくらくら、ちかちか。

こわい。

あの時の恐怖が蘇《よみがえ》る。なんでこんなふうになるの。なんで、こんなふうに頭の中がぐちゃぐちゃになるの。なんでこんなに腰が揺れて、動いて、止まんなくて……なんで、どうして……こういうことをすると気持ち良くて、わけ分かんなくなって……こわいの？

「み、ぅち、さ……あぅ、ぁあっ、ぁあっ」

ガク……ッ、カク、かく、ん……。ぎこちなく、不規則な腰遣いで、喘ぐ。

快感を追う術を、体が知らない。上手に腰を使えない。そういう動きに慣れていない。

心細げな表情を浮かべ、御槌さん、御槌さん、と何度も呼ぶ。

「こ、ぁい……なに、これ……みぅちさ、も、はなして……っ、くち、やだ……っ」

気持ち良すぎて、こわい。

褒名は腰を引くが、御槌は、それを逃がさない。歯先で先端を齧ると、びゅくっ……と勢いよく射精した。

「ひっ、ぅっ、ぁ……」

ぎゅっと身を縮こめ、足の裏を突っ張る。

精液ではなく小便を漏らしているのではないかと怖くなるくらい、際限のない吐精。それが終わっても、御槌は離してくれない。べち、べちん、と御槌の頭を力なく叩く。すると、余計にそこに執着されて、じゅる、じゅ……と、残滓《ざんし》の一滴も残さず吸われた。

「そんな、音、立てたら、あか、ん……てばぁ……」

「お前がいやらしい体をしているからだ」

御槌は鈴口を舐め上げ、舌舐めずり。

まさか全部飲んだのかと顔面蒼白《そうはく》になる褒名に、べ、と舌を出して、ちゃんと残してあるぞと見せつけた。

「……早よ、吐き出して……」

自分の顔を両手で覆い、くてんと脱力した。

程好い気怠《けだる》さと羞恥《しゅうち》が相まって、何も考えられない。さっきまでの恐怖はすっかり抜け落ち、気持ち良さだけが下腹でくすぶり続ける。

こういう時、褒名が何を言っても、御槌は聞き入れてくれない。

褒名が出した大量の精液に満足げで、ねたつく鈴口を指先で弄《もてあそ》んでいる。

「……？」

足の裏が布団から離れ、片手で腰を持ち上げられる。

浮いた腰を抱え込まれ、両脚の間に、御槌が顔を埋めた。

「……ふ、ぁっ……！」

ばたっ！　と足が跳ねた。

御槌が、後ろを舐めている。舐めてはいけない場所に、舌がある。ぴちゃ、ぐちゅ……、自分の出した精液で濡らされている。濡れもしない場所を、そういう行為の為に使う準備をするのだと教え込むように、わざとらしく中を開かれている。

「みづ……ちっ、さ……きたな、ぃっ」

「知ってる」

「ほな、やめ……っ」

「断る」

「風呂、入ってないです……」

言いながら、俺、今、エロ本の処女みたいなこと口走ってる……と、発狂しそうになる。

「恥ずかしがるのはそこか？」

「……うぇあ？」

「全部、見えてるぞ」

「……っ」

「味も、見ている」

「……っ、そ、いうこと……言ったら、だめ、です……」

そこは排泄器官です。

味とか見ないで。唾液を飲み込まないで。

「……ほんと、だめ、です……やめ、ましょ？　そんなことしなくていいです」

「いや」

「ど、して……そん、ぁ、いじわる、する……で、すかぁ……」

ずず、と鼻を啜る。

「意地悪をしていいと本人の許諾を得た」

「……っン、ぅ」

窄《すぼ》まった入り口を舌先が濡らし、頑《かたく》なそこを、腹の内側から抉《こ》じ開けられる。

「いけずは嫌いか？」

「……好き、っ……でも、だめ……っおかしくなる……か、らぁ……」

歯先で括約筋を噛まれる。薄皮ごと引っ張られ、伸ばされる。

たいした柔軟性もないそこに、じりじりと疼痛《とうつう》が走った。

「ぐだぐだ言っていると、無理やり突っ込むぞ」

「……ひっ」

下腹に押しつけられた性器に、腰が引ける。

「分かったか？」

「……っ」

こくこく。首を縦にする。

あんなものを突っ込まれたら生きていけない。でも、これからアレを突っ込まれる予定で……ということは、アレが腹の中に入るということだ。

子供の腕か、女の人の腕か……それ以上か。身の危険を感じて、尻込みしてしまうような、一物。

好きな人を気持ち良くしてあげたいのに、身が竦む。

「み、みづ、ちさ……ごめ、その、痛いの……おれ、童貞、で……初めて、で……」

涙でぐずぐずになる。

「知ってる」

「ひゃ、っう……」

唾液に濡れた指がここぞとばかりに忍び入る。

出るのとは違って、中に入ってくる感覚に、ぞわりと肌が粟立《あわだ》つ。

たとえ指一本でも、御槌のそれは節が立っていて、ごりごりと肉襞《ひくひだ》に引っかかる。関節が、ひとつ、ひとつ……と奥へ進むたびに、喉を引き攣らせた。

「ひっ、っ……っひ……ぃ、ひっ」

「……本当に俺は信用がないな」

何かひとつするたびに、怯えられる。

「……なか、……みう、ちさ……指……」

「あぁ」

「やっ……うごかしたら……なか、うごく……や、です」

撫で擽るように、指を抜き差しされる。緩慢な動作は、しっかりと褒名の体にその動きを伝え、頭に理解させる。今、自分の腹の中に、他人の指があると教えられる。

「んぁ、……あぇ、ぅ……ぅあ」

言葉も不自由になるほど、恐ろしい。

どうしても、こわさが先立つ。

御槌のことが嫌いだからとか、信用がないとか、そんなつもりはないのに、痛かったらどうしよう、泣き叫んで興醒めにさせちゃったらどうしよう、これっきりで終わったらどうしよう、上手にできなかったらどうしよう……と、そんなことを考えてしまう。

「……っ、ごめ、ぁ……っさぃ……ぇンぁ、さぃぃ……っ」

人差し指で隙間を作られ、そこへ中指が添えられる。指の腹で、内側から陰茎の根元辺りにやわく圧をかけられ、何をか謝る。

「ひぁ、ぅっ……ァっ！」

こわいのに、声は上がる。

だら……と、小便を漏らしたような感覚。

「みぅ、ちさ……っ、こ、わっ……こわい、こわいっ」

恐怖のあまり、御槌にしがみついた。

「大丈夫だ、ずっとそうしていろ」

「あ、ぅ、あっ……あ、っ、あっ」

逃げ腰を摑まれ、執拗《しつよう》にそこを嬲られる。嬌声《きょうせい》が口をついて出て、たまらず御槌の肩口に嚙みつき、声を殺す。

ぐちゅ、ぐぷ、と空気と腸液が混じる。時折、気泡が潰れて、はしたない音になる。指が増えて、隙間が大きくなるにつれて、その音も大きくなる。

勃起《ぼっき》した陰茎をこすられ、後ろを開く手を根元まで咥え込まされ、どちらに集中しても頭がおかしくなって、ただ薄い胸を必死に上下させた。

「褒名」

「……ぁ、い」

「おいで」

「……うん」

御槌の懐に抱き込まれる。

おずおずと背中に腕を回すと、精一杯、優しく微笑みかけてくれた。

「ひっ、ぎ……」

みち、と肉が拡がった。

反射で、御槌の背に爪を立てる。

「……すまん」

申し訳なさそうに、御槌が謝る。

「みづち、さ……み、ぅ、ひさ……ぁっ」

きつく抱きしめ、名前を呼ぶ。

他に何もできなかった。

きっと、中がきついだろうからゆるめてあげたり、無駄にしがみついてないで甘い声を上げたり、挿れやすいように協力したり、そういうことをしてあげなくてはいけないのだろうが、何もできなかった。

こんなに大きくなるまで我慢してくれていたのに、さっき見せられた時よりももっと大きくなってるのに、順番に煩い褒名に付き合って手順を踏んでくれたのに、ぐだぐだと我儘を言って我慢をさせた。

「ごめ、……っみ、ぃさ……ン、ぁ……、っ」

「……褒名」

「ごめ、なさ……みぅ、ひぁ……」

「褒名」

「み、ぅち、さぁ……」

「足の力をゆるめろ。腰が使えん」

褒名の両足が、がっちり御槌の胴体に絡み、身動きがとれない。

半分も挿入していない状態で、無理に押し進めることもできず、一旦、抜くこともできず、御槌には生殺しだ。

「ごめっ、なさ……っ」

「落ち着け。息をしろ」

「……みづち、さっ、ン……」

「どうした？」

「おっきいから、いき、できない」

「……それは………すまん」

「ちっさくして」

「それも、すまん。無理だ」

「おっきくしたら、ダメ、まだ、……ダメです」

ひっ、ひっ、と肩で息をする。

これ以上は、腹が破ける。

「鋭意努力する」

「努力するて言いながら、おっきくしたら、あかんてばぁ……」

泣きごとをほざく。

「すまん」

しゅん、と御槌の耳が項垂《うなだ》れている。

その姿があまりに可哀想で、褒名のほうが、ぎゅっと胸を締めつけられた。

あぁ、この人は……こんなにかっこいいのに、こんなに可愛い。

こんなにも、愛しい。

早くこの可愛い人を気持ち良くしてあげないと……。

「……も、だいじょうぶ……」

大きく深呼吸して、御槌に微笑みかける。

「褒名……」

「なか、挿《い》れて……ください……」

ごめんね、苦しい思いさせて。

もう我儘言わないから、いっぱい使っていいよ。

「ぜんぶ、ください」

「あぁ、そうしよう。……なにせお前の中は最高の居心地だからな」

「よかった……」

「後は俺だけを見ていればいい」

「……ふへ」

たったそれだけの言葉で、痛みも、苦しみもなくなった。もしかしたら、脳が考えることを放棄したのかもしれない。だって、後は、自分に欲情するこの男をただ見つめているだけで幸せになれるのだ。

「……ん、ンんぁ、っ」

太い陰茎が肉を割り、内臓がへしゃげる。腹の中を歪《いびつ》に造り変えてしまいそうなそれを行き止まりで感じたかと思うと、まだもっと奥にまで押し込まれる。御槌の陰茎に引きずられて、直腸粘膜が蠕動《ぜんどう》し、奥がゆるむ。

御槌が、気持ち良さそうにしている。

自分の上で眉間に皺を寄せる男を見て、褒名の下腹が疼いた。

いつも唇越しに与えられていた御槌を、もっとたくさん、大量に、中から与えられている感触。満たされて、いっぱいになって、熱くなって、もっと欲しいと腰が揺れる。

射精する時は、腰を使うのも下手だったくせに、こうして男にハメてもらった時は、上手に動かせるなんて、やらしいにもほどがある。

それでも、体は、御槌を覚えたいと開く。

「……みづ、ち……さ……」

たまらず、自ら唇を重ねた。

御槌はそれに応えてくれる。まだ後ろだけではいけない褒名を、きちんと可愛がってくれる。中と外から褒名を煽り、膨張する御槌の陰茎に気づく暇さえ与えない。

「……ごめ、なさ……また、出ひゃ、ぃ……ま、す……」

「あぁ」

「みぅ……ひ、さ……いけ、る？」

「うん？」

「ここで、出せる？」

俺の腹で、大丈夫？

ちゃんと射精できる？

ここで、いい？

「つい先だっても言ったと思うが……」

「……？」

「お前の腹は最高の居心地だ」

二度と出たくないほどに。

「……あ、つい……」

熱い。御槌が、自分の中でいってくれた。

腹を満たすオスが、褒名の中に縄張りを主張する。肉にも、骨にも、腹《はらわた》にも、御槌の支配が染みていく。自分の体が内側から変えられていくそれは、得も言われぬ心地だった。

＊＊＊

他人の肌は、こんなにも心地良い。

結婚したので、もう御槌とは他人ではないけれど、大切な誰かと一緒に抱き合って眠ることは、とても気持ち良い。

気怠さの中、御槌の胸元にすり寄る。ぴたりと吸いつくような肌と、心の底から落ち着ける体温。微睡《まどろみ》の中、薄目を開くと、難しい顔で眠る御槌がいる。

この人は、こんな時までこんな顔して眠るんだな……と可愛く思えた。

障子一枚隔てた向こうで、雀が鳴いている。遠くから、まだ宴会のどんちゃん騒ぎが聞こえた。あの人たちは一晩中、呑み明かしたらしい。物の怪たちの底が知れない。でも、夢見心地に朗らかな声が聞こえるのもまた、良い心地だ。

やわらかな朝陽が、障子紙を通して差し込む。それを避けるように、内緒で甘えるように、もぞりと御槌の懐に潜り込んだ。

明け方近くまで、腹の中に御槌がいた。

初めのうちこそ、分からないなりに御槌が喜びそうなことをしたつもりだが、終《しま》いには、喘ぎ声しか出せなくなり、それも次第にか細くなり、息を吸うことさえままならず、声が嗄《か》れてしまった。気持ち良くなりすぎて、腰は動かせず、足指の一本さえ微動だにできず、涎を垂らして御槌に愛された。

「……褒名、起きたのか？」

「おはようございます」

寝起きの御槌がくれる、かすれ声。背筋がぞわぞわする。

名前を呼んでもらうだけで、愛されていると分かる。

「寝ろ」

後ろ頭を抱き、胸元に引き寄せる。

「朝ですから、起きないと……」

「寝ていていいぞ。起きたらまたやる」

「……はい？」

「続けてやると後ろが痛むからな、少し間を置く」

「……っ」

御槌の手が臀部《でんぶ》に忍び入る。

何度も摩擦され、一晩かけて使われた器官は、真っ赤になって、ぽってり腫れている。

指一本挿れただけでも、昨夜より肉がゆるく、腫れぼったくなっているのが分かった。

「どうせ、腰も使えんだろ？」

「あ、の……でも……風呂に……」

多少は拭われているが、乾いた精液がこびりついている。

「どうせ十日はここだ、風呂は諦めろ」

「……十日？」

「十日だ」

「何が？」

「初夜が」

「初夜は通常、一日だけです」

「何を言うか、十日はこのままだ」

「……初耳、です」

「狐の嫁は、夫の形を体に覚えるまで約十日。その間は一歩もここから出られん」

「……ひっ」

朝勃《あさだ》ちしたそれを、内腿の隙間に押し込まれる。

「肉が薄い」

「……ぅ、ぁ、っア、あの……」

「内腿を締めろ、そして、諦めろ。悪いようにはしない。……昨夜も、そんなに悪くはなかっただろう？」

「…………はい」

消え入りそうな声で、首を縦にした。

ただ、褒名はとても満足したが、気遣ってばかりの御槌は満足していない気がする。

「…………それにしても、狭い」

褒名は骨盤が狭い。御槌からすると、骨の造りも華奢《きゃしゃ》だ。

腰骨を摑み、後ろに回した手で後肛に指を滑らせる。

「……っ」

「お前、孕むとこわいな」

「ぅ、く」

直腸を搔き回されると、随分と奥から精液が漏れてきた。とろり、とろりと股の付け根まで伝う。武骨な指がそれを掬い取り、じわりと疼く粘膜に、塗り広げる。

「回数を重ねるうちに、腹の内が変わる」

「……内、側？」

「俺の種で孕むように変わっていく」

「ふ、ぁ……っ」

「……いいな？」

「は、ぃ……」

ダメだ、何も考えられない。

腹の奥が熱い。さんざん出したのに、また勃ってしまう。

御槌の腹筋に陰茎をなすりつけ、裏筋を刺激する。

「初回はお前にあわせた人間仕様だったが、以降はこちらの仕様でさせてもらう」

「……？」

「狐とはいえども、獣だ。それなりの交尾は覚悟しろ」

「……ひっ、あ!?」

にゅる……と先走りに濡れた陰茎が、直腸の奥まで滑り込んできた。戸惑っているうちに、昨日よりも奥まで容易《たやす》く侵入してくる。

「な……がぃ、みづち、さ……おく、っ」

「あぁ」

「も、行き止まりっ、おく、とどいて……当たって……っ」

「もう少し入る」

「はい……る……はいん、な……っあ……あっ」

昨日は使われなかった場所まで、犯される。

「悪いが、こちらが本性だ」

「……ぅぁ……ぐ……ぁっ、あ」

強い力で布団にねじ伏せられ、股関節を限界まで開かれる。

抜き差しをされるたびに、ずるずると内壁が引きずり出され、また、押し込まれる。普通なら届かない場所にまで、陰茎の先が届く。内臓が押し上げられ、揺さぶられ、はく、はく……と唇を戦慄かせた。痛みはなく、腹の皮が突っ張って伸びる。

さらりとした小便のようなものが腹の中に流し込まれ、直腸のまた奥まで道を作られる。

その滑りを借りて、腸の折れ曲がる部分を強引に通り抜き、狭い結腸口を抉じ開け、びっちりと結腸まで侵入を果たす。

「っ……ひ、ぁ」

目を閉じ、やり過ごす努力した。

こんなのを、まともにひとつひとつ受け入れていたら気が狂う。気もそぞろに、どこかよそへ意識を移して受け流さないと、頭がどうにかなってしまう。

「え、ぁ……あっ、ぁ」

腹の中に、御槌の精液が溜まっていく。

出したのなら終わりだろうと思ったら、すぐさま、さっきよりも粘性の高い液体を、どぶどぶと際限なく注ぎ込まれる。

荒い息遣いと、滴る汗が、褒名の背を漏らす。

「すまん、こらえろ」

「…………ぉ、あ……ぁ、っぁあ！」

抱きしめられたかと思うと、ぐり、と根元まで押し込まれた。

目の前が真っ白になり、激痛で、すぐに現実へ引き戻される。

陰茎の根元が膨らみ、大きな瘤《こぶ》のようになる。赤黒いそれに、括約筋が引き伸ばされる。

皺の一本もなく、男の拳が三つ分くらいの大きさに拡げられていた。

「……ひっ、……ぃ」

腰を引いたが、抜こうにも抜けない。

がっちりと嵌め込まれている。無理に抜こうとすると、直腸脱になるのが分かった。

陰茎は、どんどん膨んで体積を増し、腹の中に精液を流し続ける。どぷ、どぷ、と腹の中を真っ白にして、体に沁《し》みていくのが分かる。

「なか、出て、るっ……いっぱい、も、むり……ちぎれるっ」

「当分このままだ」

「……っ」

「できる限り努力はするが、まだ……その、馬鹿でかくなると思ってくれ」

「ぬ、抜く……」

「一刻は抜けん」

「……一刻って……」

「二時間」

「そのあいだ……ずっと、なか、出るの……？」

もう、おなかたぽたぽになってる。

限界まで括約筋が拡がって、感覚さえない。

「あぁ」

「こわ、れ……」

「壊れんように、先に人型で中を拡げてやっただろう？」

「にじかん、ずっと……繋がったまま？」

「あぁ」

「……それで、終わる？」

「嫁さんを怯えさせるようで申し訳ないが、終わらない」

御槌の言葉の通り、それで終わらなかった。

二時間を随分と過ぎて、ぺたんこの腹がぼってりと妊婦のように膨らむまで種付けされた頃、ようやくがっちり嵌め込まれていた瘤を抜いてもらえた。

褒名は仰臥《ぎょうが》したまま眼球を動かし、膨らんだ自分の腹を眺める。ぽっかりと大口を開けた穴から、どぼっ……と白濁が溢れ出る。腹に収まりきらなかった精液は逆流して胃を満たし、赤ん坊がミルクを吐くように、上の口から、けぷ、と吐いた。

のし、と獣の前脚が褒名の腹を押す。

大きな獣だ。

真っ黒で、艶々した毛並の、大きな狐。

たぶん、褒名がまっすぐ立つよりも、前脚で立ったこの獣のほうが大きいだろう。

「み、づ……ひ、ぁ……ん」

ぐるる……と黒狐が唸る。

狐の股座には、さっきまで褒名の中に入っていた陰茎がそそり勃《た》っていた。抜き身で、赤黒い。だらだらと大量の先走りを垂らし続け、「まだ足りない、まだ使い足りない、まだ孕んでいない、まだ種をつけたりない……」と、そう訴えている。

この姿の時が、一番大きくなるんだな……と褒名はそんなことを思った。たぶん、この姿の時にするのが、この人は一番気持ち良いんだろう。マーキングなのか、独特のオスのにおいが、部屋中に立ち込める。

これが、御槌の本性。

黒狐。

褒名をこわがらせないように今まで我慢してきたが、それも限界、本性が出たのだろう。

さりとて、褒名に飛びかかったりはせず、長くてふさふさの尻尾で、首筋を撫でてくれる。今の褒名には、それさえ愛撫と同等だ。ふわふわ、もふもふしていて、日向《ひなた》ぼっことお昼寝がしたくなる。

きゅん、くん……と、切なげに啼《な》き、ざらつく舌で、汚れた後ろを舐めてくれる。長い舌が、時折、中を犯す。がばり、と大きな口を開けて甘噛みしたいだろうに、それをしないのは褒名をこわがらせない為だ。

とっとと本能に従って犯せばいいのに、臆病《おくびょう》な獣のように褒名の体を労《いた》わる。

いじらしくて、見ていられない。

「……なか、どうぞ……」

もそりと体を起こし、布団の上で四つん這いになった。

膨れた腹がつかえて、布団にこすれる。精液がぼたぼたと布団の上に滴り落ちる。布団が吸う限界もそこそこ、獣臭い液溜まりができた。

ぐに、と両手で後ろの穴を拡げる。そこはもうとっくの昔に大きな穴が空いていた。閉じることのない空洞は、御槌の性器の形に造りが変わっている。

頭を低くして、腰だけを高く上げる。溜まった精液が、たぷん、と腹の中で揺れる。膨らんだ腹が、重い。孕んだら、きっと、もっと重くなるだろう。

御槌の大きな図体が、褒名の体に圧しかかる。負担にならないように、そろりと体重をかけ、爪で引っ搔かないように前脚を丸めている。

褒名よりも、獣の御槌のほうがずっと体重も重い。背中に乗られると、姿勢が崩れて、交尾の姿勢をとらされる。抗いようもなく、さぁ、俺の種付けに都合のよい格好をしろと強要される。言葉もなく、力だけで捻《ね》じ伏せられる。

獣に、服従させられる。

それがたまらなく、褒名を興奮させる。

「さっきの、もういっかい……してください……」

大きな瘤で詮をして、いっぱい出して。

ぉ、お……！　と低音で御槌が唸る。褒名の体に、びちゃ、と先走りをなすりつける。顔にも、腹にも、髪にも、背中にも、撒《ま》き散らす。事故でかかったのではなく、わざとかけている。

「……におい、すごい……」

あますところなく、御槌の体液で濡れた。

マーキングされた。内側からも、外側からも。

これで、いつでも自分からは御槌のにおいがする。

他の誰も手出しできなくなる。

褒名の全身を汚しても、獣の性は少しも満足いかず、御槌は、目前の肉を犯す。

獣だ。

がぅ、ぁうっ！　と咆《ほ》え哮《たけ》り、本能のまま欲を満たす。

「……ひっ、ぎ！」

長大な陰茎骨と、それに巻きつく肉に、悲鳴を上げる。

恐ろしく大きな獣に圧しかかられ、「ぁ、あ……」と出るとはなしに、腹の底から呻きが漏れ出る。

畳に映る影は、獣と人のまぐわいだ。

性急な腰遣いで、結腸口の向こうまでねじ込まれ、ずるずると腸壁ごと引きずり出される。視界がぶれるほど掻き乱され、褒名は頭を抱えて、幾度となく絶頂を迎えた。

「ひぁ、っぅ……あ、っひ、ぁ、あっァ、あっ」

気持ち良い。

これは病みつきになる。

たぷたぷと揺れる腹の表面で、獣の陰茎が腸壁を犯しているのが分かる。腹の皮が突っ張り、奇妙に蠢く。獣に犯されている。発情して、興奮して、涎をだらだらと零し、爪を立てて肉を抉られ、女のように扱われる。力でも敵《かな》わず、捻じ伏せられ、尻を差し出す。交尾する為だけに、メスの扱いを受ける。

このオスに支配されるのは、とても気持ちが良い。

「あ、っ……ふぁ」

いつの間にやら、褒名の尻尾と耳も出ていた。

御槌が、長い鼻先で褒名の尻尾をぐいぐいと押しやり、付け根を刺激する。

「……ぁ……」

ぶるりと身震いして、御槌を締め上げた。

これも、気持ちが良い。

御槌も満更ではないのか、もっと締めろと、尻尾を甘噛みしてくれる。

「みぅ、ちさ……ごめっ……きもち、いぃ……っ」

腰、止まんない。

もう動かせないと思っていたのに。

もっと欲しい。

「もっと……おっきくなって……なかに、いて……」

何十分でも、何時間でも、丸一日でも、十日でも、ずっと、腹の中にいて。

「ひぃ……っ」

ぐり、と直腸が捻じれる。御槌が姿勢を変えた。根元の膨らんだ陰茎が、腹壁ごとぐるりと捩る。犬のように犯されていたのが、臀部同士をくっつけた格好になった。

種付けされている。

御槌は、種馬のように射精し続けた。亀頭球が膨張して、褒名の括約筋がめくれあがる。うっすら血の滲むそこで、このまま何時間も繋がったままメスとしての役割を求められる。普通の人間のオスでは届かない場所まで犯されながら。

きっと何日もここは開きっぱなしになって、閉じる暇もなく、乾く暇もなく、御槌を覚え、使い込まれる。形が崩れて女のようになり、後ろだけで射精する。終いには、前から何も出さなくても、腰をガクガクと揺すって絶頂を迎えるようになる。

御槌が、そういうふうにこの体を作り変えてくれる。

それは屈辱でもなんでもない。最も強いオスに服従するだけのこと。同じオスとしての自尊心や勝ち負けなんて二の次だ。そんな些末なこと、どうでもいい。この男が喜ぶなら、それが幸せになる。この男の為になら、命を懸けられる。だからメスでも、嫁でも、なんでもいい。

愛してもらえるなら。

はっ、はっ、と御槌が、荒い呼吸で気持ち良さそうに猛《たけ》った。

獣らしい雄叫びを上げ、嫁を手に入れたことを喜ぶ。

朦朧《もうろう》とする意識の中で、褒名は、たっぷりと子種の詰まった腹に手を添え、薄く口角を上げた。

「ふふっ……」

早く着床すればいいのに……。

＊＊＊

十日間、本当に、一歩も布団から出してもらえなかった。

ほとんど食事を摂ることもなく、排泄もそのままさせられそうになった。生理的欲求をさほど覚えなかったのは、物の怪の体が便利に出来たものだからかもしれない。

乾いた精液の上に新しい精液がかかり、それがまた乾いて小便で流される。喉が渇けば御槌の陰茎を口に含み、精液か小便をもらう。最初は人型で慣らされ、いつの間にやら、獣の腹の下へ潜り込み、長大なそれを喉奥まで咥え込んで、ちゅうちゅうと吸っていた。最後のあたりは、何がどうなっていたのか覚えていない。ずっと腹の中に御槌がいて、部屋中に二人分の精液や体液が染みて、それでまた発情してつがう……。

褒名の陰嚢《いんのう》は、ずっと前に空っぽになった。もう何も出ない。時折、血混じりの白濁や黄色っぽい粘性の高いものが滲み出て、痛みを覚え、それで御槌を締め上げた。

射精の代わりに小便を漏らし、後ろの刺激だけぎこちなくイく。それがまた不完全燃焼で、もっとちゃんとイきたくて、イかせて欲しくて、御槌にねだる。悪循環だが、最高の循環だ。欲望が尽きることない。

「御槌様、そろそろお嫁さまを離しておやりなさいな」

障子の向こうからおたけの声が聞こえて、とっくに十日が過ぎていることを知らされた。

「……ぁ、ンあ……あっ」

ちょうど御槌の膝に乗せられ、少しは上手になった腰遣いを褒められているところだった。

「おやまぁ、おしげりなんすね」

ネイエの含み笑いも聞こえる。

おたけと顔を見合わせて、これは次の跡取りさまを孕む日も近いな、と諸手《もろて》を挙げる。

「あまり無体なことをすると、花嫁が壊れてしまいますよ」

「……あぁ」

御槌は、等閑《なおざり》な返事をする。

褒名の体に触れることに大忙しで、他に構う暇がない。

「みぅ、ちさ……」

「どうした？」

「ここに、いた、ぃ……れす……」

場所はどこでもいいから、ずっとあなたのお膝にいたい。

こうして、咥え込んでいたい。

これを知ってしまったら、もう離れられない。

「お前の居場所は全て俺が作ってやる」

欲しいものはなんでもねだれ。

愛らしい狐耳をそわそわさせる褒名に、優しく、甘く、囁く。

「……だっこ」

だっこがお気に入り。

御槌の腕に抱かれるのが好き。

この手は、褒名の為だけにある。

真っ白のやわらかい尻尾で、黒い尻尾を絡め取る。

つがいの狐が、仲睦まじげに手を取り合う。

障子戸の向こうで、おたけとネイエが幸先上々《さいさきじょうじょう》だと笑った。

＊＊＊

まぐわっているうちに、体のつくりが変わってくる。

そう予告された通りに、数年後には、本当にそうなった。

祝言を挙げて以降、朝に昼に夜にと、「まるで自慰を覚えたての猿じゃの」と御槌の母に茶化されるくらいに、新婚丸出しで盛りまくった。

その割には一向に孕む気配もなく、口さがない村の者たちは、「嫁御には、人の血が混じっておるから子が出来にくい」と陰口を叩く。それについては御槌が随分と怒って、それ以降、褒名の耳には入らなくなったが、どこかでそう噂《うわさ》されているのは、確かだった。

早く子が欲しいだろう御槌には申し訳なく、謝った。すると御槌は、「俺の不出来の場合もある。もしそうなら、お前には申し訳ない」と逆に頭を下げられた。

ただ、御槌の願いを叶《かな》えてあげたいと思いこそすれ、褒名自身は、元来、男が子を孕むなどとは思ってもいなかった。それでも、授かれば僥倖《ぎょうこう》だと、期待もせず、心待ちにもせず、深く思い悩むことは避けた。

相変わらずふらふらしているネイエは、信太村へ立ち寄るたびに、仔授け神社のお守りや、お神酒や、お下がりだと、何くれとなく気を遣ってくれた。

ネイエも、おたけも、御槌の両親も、誰も急《せ》かさない。

これればかりは授かりもの。

二人とも気長に待つことにした。

褒名は、大学を卒業して何年か後には、信太の黒屋敷へ住居を移した。町中の長屋は借り上げたままだが、信太村での暮らしが半分を占めるようになった。

理由は二つある。

ひとつは、ごく単純な理由。

褒名は年齢を重ねても、見た目が変わらなくなった。いつまで経っても、御槌と出会った十八、九の頃のまま。若いうちは誤魔化《ごまか》せるが、もう五年か十年もすれば、誤魔化せなくなるだろう。

白狐の血が、褒名の成長や老化を止めた。

もうひとつの理由。こちらが信太村で暮らすようになった、主な要因だ。

きっかけは、稲荷寿司が食べられなくなったことに起因する。

その頃はまだ、町の長屋で二人暮らしをしていた。大学を卒業した褒名は、日中は仕事に勤《いそ》しみ、御槌が家事をする。その頃には、御槌も、長屋で近所の子供を相手に書道を教える先生になっていた。

食卓には、いつも油揚げに関する料理が出ていた。

褒名が作ることもあったが、大抵は家にいる御槌が料理をしてくれた。

褒名も、お弁当に詰めてもらえると嬉しいくらいに、油揚げが好物になっていた。

どうやら、狐の本性が表に出始めると、味覚も変わるらしい。二人で台所に立ち、油抜きをしているだけで、にまにましてしまうくらいには大好きになった。

それなのに、あんなにも美味しくて、あんなにも大好きだったものが、見るだけでいやになってしまった。料理をしようものなら、ぽろぽろと涙が溢れて、御槌を困らせた。

何も悲しいことはないのに、なんだか泣けてきた。

最初は油揚げに始まり、次に油揚げを食べられない自分への苛立ち。自分でも説明のつかない情緒不安定。それから、本当に些細《ささい》なことで妙に不安を覚えたり、落ち着きを失くしたり、幼児返りして、御槌にべったりになった。

「………ごはん、いらないです。ごめんなさい……」

油揚げはおろか、食欲も失せた。

どれだけ頑張って食べようにも、喉を通らない。

夏風邪《なつかぜ》のようで、気怠く、ずっと眠い。時間さえあれば昼寝ばかり。一緒に暮らす御槌は頗《すこぶ》る元気なのに褒名は腹を下すことが増えて、後ろから少しだけ出血もした。

もしかして、交わりすぎてこうなってしまったのかと、二人で頭を悩ませた。

「少し、控えるか」

「……やだ」

「では、一度病院で診てもらおう」

茶の間で膝を突き合わせ、二人きりの家族会議をした。

町の病院で診《み》てもらうと、「疲労が溜まっている程度で、薬を飲むほどでもない」と言われた。

それから少しして、吐くようになった。

食べてもいないのに吐いた。

人と狐のあいの仔は、普通の物の怪が罹患しない病にかかるのかもしれない。

御槌に連れられて、信太村へ帰った。

有名なお医者さまがいるとかで、その人に診てもらうことになった。

「おめでとうございます」

真っ白のお髭《ひげ》をたくわえた小柄な老爺《ろうや》に手を取られ、褒名は寿ぎを受けた。

「お、おめ……？」

「おめでたにございますな」

「でかした褒名！」

「……ぅ、おあっ⁉」

御槌に抱き上げられ、たかいたかいされる。

「これ若様、落ち着きなされ。まだ腹の御子は安定しておらん。そろりそろりと砂糖菓子のように扱いなされ」

「……む、すまん」

御槌は褒名の腰かけていた椅子《いす》に座り、その膝に褒名を乗せる。普段、人前では決してこんなことをしない御槌だが、よほど嬉しかったのだろう。

ありがとう、ありがとう、と何度も礼を言われた。

それほどに、喜んでくれているのだ。

不安を感じるより先に、御槌がそうして喜んでくれたことを嬉しく思った。

御槌の両親やネイエ、勿論、おたけにも報告した。

おたけに言わせれば、これまでも「若様は、坊やに甘うございます。そのように箸の上げ下げまで気にかけてやっていては、これから長い生活どうするのです」と呆《あき》れるほど、褒名を甘やかしていたらしいが、それに輪をかけて、大変な甘やかしが発生した。

あっという間に、褒名の懐妊は村中に知れ渡り、縦横無尽に繋がる物の怪のやりとりで日本各地に広まった。

不安を感じるより先に、御槌がそうして喜んでくれたことを嬉しく思った。

皆、心得ているのかして、直接、祝いを言いにくることはなく、静かに見守ってくれた。

引っ越したのはその頃だ。

町中での暮らしに未練がないとは言えないが、これから腹が出てくるというのに、仕事はできない。太ったと言えば誤魔化しはきくのかもしれないが、腹だけ太るのもおかしい。

職場は、退職することになった。そうなる以前から、げっそりとやつれていく褒名に、職場の人間は何か重い病なのだろうと深く追及することなく、「元気になったらまた戻っておいで」と穏やかに見送ってくれた。

黒屋敷で、また二人の生活が始まった。

腹の中に仔もいたが、褒名にはまだ実感がなかった。

「褒名、外湯へは行くな、内湯に入れ」

「……え、大丈夫ですよ？」

楽な浴衣を家着にして、敷地内の温泉へ向かう。

手拭い片手にのんびりしている褒名と違い、御槌は過保護なまでに心配症だ。

「安定していないんだぞ」

「はぁ……」

腹はぺったんこで、その辺をうろついている成人男子となんら変わりない。安定しているのかいないのかさえ、褒名には実感がなかった。

「また風呂場で転んだらどうする」

御槌は、遙か昔、出会った頃に、褒名が温泉に滑り落ちた話をしばしば持ち出す。

「気をつけます」

「いいか、風呂に入る時は俺と一緒だ。まず、ひと声かけろ」

「忙しそうだったんで……」

「忙しそうにしていても、お前のことほど大切なものはない。何度言ったら……」

「分かりました、ごめんなさい」

口を酸っぱくして言われるので、耳タコだ。

気遣いは有難いが、妊娠は病気ではない。褒名も気をつけているし、必要以上に畏《おそ》れることはないと思う……が、それを言うと説教されそうなので言わない。

「それから、川辺で水遊びもするな」

「夏なのに？」

「滑る、冷える、危ない」

「ちゃんと座って、足を浸けてるだけですよ」

「言い忘れていたが、重いものは持つな、水汲みもするな」

「水汲みなんか、こっちに帰ってきてから一度もしてませんよ。全部、御槌さんがやってくれてるじゃないですか。あと、重いものも持ってないですよ？」

「この間、味噌汁の入った鍋《なべ》を持とうとした」

「鍋って……」

「いいか、安定期に入るまで台所にも立つな」

「それって、こないだ俺が台所で、はらんきょうのつまみ食いしたことを言ってますよね？」

「食いたいなら言え、部屋まで持っていってやる」

「白澤《はくたく》先生が、適度な運動は必要だって言ってました」

「落ち着け、それはまだ先だ」

「御槌さんも落ち着いてください」

「分かった、落ち着こう」

「そうしましょう」

二人で深呼吸して、笑い合う。

近代的な出産とは異なり、エコーも撮らない。どういう経過で、どれだけ腹の中で子供が大きくなっているか実感がない。

ただ、周りの皆が手放しで喜ぶので、「あぁこれは喜び事《ごと》なんだなぁ……」と褒名はぼんやり思った。

ぺったんこの腹を触っても、腹の中に子供がいると言われても、よく分からない。でも、皆が喜んでいるし、御槌もあんなに嬉しそうにしているから良いことなのだろう。

村の雰囲気も明るくなり、信太に久方ぶりの跡取りができるとあって、四方八方、よろずの稲荷も、欣喜雀躍《きんきじゃくやく》、狂喜乱舞、喜色満面の三拍子。信太と縁のある物の怪は諸手を挙げて、今か今かと仔狐の誕生を待ち望んでいた。

だから、深刻に考えすぎず、大きく構えることにした。

だって、これは悪いことじゃない。

皆が喜んでいる。

御槌が一番、喜んでいる。

だから、不安は何もない。

＊＊＊

そうこうするうちに、日増しにつわりがひどくなった。

トイレに立つこともままならず、一日中、横になりっぱなしの日々が続いた。木桶《きおけ》に、げぇげぇと吐いては、口を漱《すす》ぎ、その水の味にもえずいて、吐いた。

痩せていくばかりの褒名に、御槌は、決して不安や狼狽は見せず、栄養のあるものを食べさせた。それだけでは足りないと分かれば、褒名が大怪我をした時、自分が身代わりになったように、自分の神気を褒名に分け与えてくれた。

毎日、そうして唇からもらうようになると、血色も良くなり、喋ることもできるようになり、たまになら寝床から起き上がれるようにもなった。

「みづちさん、むね、いたい」

他に言える相手もおらず、御槌に訴えた。

胸が張ってきた。ぺったんこなのに、ぱんぱんになって、乳首がむず痒《がゆ》い。

御槌は心得ているとばかりに頼もしい顔をして、育児の心得書を取り出した。

何をやるのかと思えば、胸を揉まれた。痛いなら、やわらかくすべきだという名目で、膝に抱かれて、無心で平たい胸を揉まれた。気持ち良かった。その上、御槌はいつにも増して幸せそうだった。この人、たまに新しい一面を覗かせるな……と思った。

こんなに揉まれて、乳首がぷくんと大きくなるまで育てられたのに、激しい交尾は禁止。元より、褒名にはその元気もなかったので、御槌だけが可哀想なことになった。

安定期に入って少しすると、褒名にも見覚えのある、あの妊婦さんのような腹になった。ぽこん、と大きく張り出ているわけではないが、撫でると、子宮に相当する位置が、なだらかな膨らみを帯びている。

おたけを中心に、村の女衆が寄り集まり、布おむつを縫ったり、腹帯を用意してくれたり、胎教にはあれがいい、これがいいと次々に持ち運ばれた。

御槌は腹へ向けて熱心に話しかけ、何度も撫でてくれた。

食欲も戻り、御槌がご飯を作ってくれて、少しずつ動くことも始めた。御槌に手を引かれて、黒屋敷の外へ散歩へ出かける日もあった。

そうして元気になったのも束の間、あっという間に腹が膨れて、見るからに目立つようになった。

移動するにも、ふぅ、ふぅ、と肩で息をして、腹を抱える。ぼってりした腹は重く、苦しいほど突っ張り、それに耐えかねた腰が痛み、脚がむくみ、常にどこかしらが、何か不具合を訴える。

御槌は献身的で、褒名が寝つくまで、ずっと背中や腰を撫でてくれた。だっこと言えば、だっこをしてくれた。便秘だと言えば、穀物中心の食事を用意してくれて、それでも排泄困難ならば、指を使って出させてくれた。

世のお母さんは大変な思いをしているんだな、俺を産んでくれた母さんもこんな気持ちだったのかな……と、褒名は、甘ったれな自分を叱咤《しった》した。

その日も、褒名は一人でおとなしく縁側に腰かけ、本を読んでいた。御槌は近所の寄合に出かけるらしく、ネイエが代わりに様子を見てくれた。

ネイエは、相変わらず日本国中をふらふらと放浪しているが、褒名の仔が産まれるまでは気が気でないらしく、黒屋敷に留まってくれている。

「……？」

妙な違和感に、褒名は本から顔を上げた。

今、腹が気持ち悪くなった。

「……ひっ！」

突然、腹の内側から蹴られた。

どん、と重々しい衝撃に驚き、本を取り落とす。

「……な、に……？」

張り出た腹に、手を添える。

すると、また、どん！　と蹴られた。

さぁっ……と、血の気が失せた。

腹の中に、何かいる。

「そら、おるやろ……妊娠、してんねん、から……」

狼狽えて、思わず言葉に訛《なま》りが出る。

妊娠しているのだから、腹の中に何かいて当然だ。

腹の中に、子供がいるのだから。

「…………こどもが、いる……？」

どん！　どん！　返事をするように、あちこちで蹴られる。

腹の皮が突っ張って、目に見えてうねうねと蠢く。

「え、え……えぇ？」

なんでそんなに蹴るの？　生きてるから？　そうか、生きてるんだから、胎動があるんだから、そりゃそうだ。そのうち、この腹から生まれてくるんだから、動きもする。動くのは元気な証拠だとお医者さんにも前もって説明されていたじゃないか。

「……み、づち、さ……」

やだ、どうしよう。

動いてる。

「褒名ちゃん、どうしたの？　……なんで泣いてるの？」

膝かけを手にしたネイエが、ぎょっとした表情で褒名を見やる。

「みづ、ちさ……呼んで……み、づち、御槌、さん……っ！」

「わ、分かった!!　大丈夫、御槌ならまだ玄関にいるから、すぐに呼ぶからねっ!?」

「うごいた、なか……うごいて……っ」

「え、産気づいてるの!?」

「ちがっ……、ちがう!!」

たぶん、違う。

でも、分からない。

ただ、子供が腹を蹴っている。

それだけだ。

それだけなのに……。

「みづちさん、みづ、ぃ、っひ……ぅ」

「褒名！」

御槌が、大慌てで玄関から戻ってきた。

「い、ぅひさ……ぁ……おなか、うごいたぁ……」

「産まれるのか？」

「ちぁうぅ……う、動いた、蹴ったぁ……」

「蹴ったのか？」

「うぅう」

こく、こく、と鼻水混じりの顔で頷く。

御槌の手が腹に触れると、とん、とまた小さな反応があった。

「おぉ……」

天晴《あっぱれ》、と言わんばかりに、御槌が感動の声を上げる。

これは元気に育っている証拠だ。

それはとても喜ばしいこと。なのに、褒名はぼろぼろと泣いていた。まるで、妊娠初期の情緒不安定で、油揚げを調理するだけで泣いていた時のように、泣いていた。

「ひっ、ぅう……ぅ、ぁ、あっ、ぅ」

「何を泣く？　何が悲しい？」

「なんで、うごいてるんですかぁ……」

「それは、腹に子がいるからだ」

「……っおれ、おとこ、なのにぃ」

「それは……、そうだな」

「また、蹴ったぁ」

ぎゅう、と御槌に縋りつく。

「……すまん」

なぜか、そう言わずにいられなかった。

これはきっと、褒名にとっては苦痛だったのだろう。

「からだ、かわってく……なんでぇ……」

柔らかい体じゃないのに、本来は孕むべき体ではないのに……、腹だけが、女みたいになってる。

喜びたいのに、喜ぶべきだろうに……、なぜだか、不安で不安で仕方ない。

皆が喜んでくれたから、これは喜び事だ。皆が喜んでいることで、不安を感じるのはおかしい。だって、皆が喜んでいるだから。病気ではないのだから。家族が増えるのだから。

御槌の子供を産めるのだから。

種をつければ、いずれは孕む。

それは分かっている。

子供が生まれるのは自然の摂理で……でも、褒名の摂理とは異なる。

でも、皆は喜んでいる。御槌は一等喜んでくれている。

じゃあ、これは誰にも相談できない。

こわい。

漠然と、こわい。

「……こ、わぃ……こぁい、こあいぃ……」

ひんひん泣いた。

普通の妊娠よりも大きな腹で、産道が狭く、骨盤も小さいと言われた。褒名は、狐と人のあいの仔なので、いつ産気づくか分からないとも言われた。狐ならば三月足らず、人ならば約三十九週。早産になれば育っていない可能性もあるし、遅くなれば育ちすぎて難産になると言われた。

腹の中には三つ子がいると言われて、皆が喜んでくれた。でも、三つ子が入っている分だけ、普通よりももっと腹が大きく膨れて、重たくなった。

御槌は、「つらい思いをさせて申し訳ない、お前にばかり苦労をかけて申し訳ない、どんなことでも言ってくれ、俺の仔を産んでくれるのだから、お前はそれだけで俺に何をさせることもできる」と、そこまで言ってくれた。

御槌は、その言葉に見合う以上に、褒名の為に心を砕き、ありとあらゆることを先んじてこなし、何ひとつとして褒名を憂慮させることなく、八つ当たりにさえ優しく寛容に応じてくれた。

完璧《かんぺき》すぎてよく出来た旦那《だんな》さんをもらったと感動したほどだ。

なのに、こわいなんて言えない。

「……っこぁ、ぃ……ぃ……ごめぅ、なぁ……ひっ……こわ、いっ……こぁ、いぃ……ほんっ、とは……こわいぃ……」

本当は、こわくてこわくて、仕方がなかった。

自分の体で、新しい命が目に見えて育っていく。そのくせ、心構えもできていない。人間としても、狐としても、半人前以下。なのに、こんな体で、元気に産んであげられるかも分からない。御槌を糠喜《ぬかよろこ》びさせてしまうかもしれない。今か今かと皆が期待しているのに、もし……。

「すまん」

「……ひぃ、ぅ……ぅう、ぁ、ぅぅう」

御槌の着物に、顔を埋める。

上等の着物に爪を立てて、傷めてしまうのも配慮できない。

「ほんと、は……お風呂、一緒に入るのも、やだぁ……」

「………それは、すまなかった」

「見ちゃ、やだぁ」

腹が目立ってくると、髪も体も洗いにくいだろうからと、御槌が全部洗ってくれた。

でも、本当はボテ腹を見られたくなかった。

だって、なんか歪だ。

「みん、っな……うれしそ、で……なにも、ぃえない……っ」

着々と周りが出産へ向けて準備をするのにも、置いてけぼりだった。だって、人ならば
三十九週かけて自覚することが、褒名は五か月ほどでそうなってしまった。

産むがやすしと皆が言うので、頑張ってみようと思ったけれど、もう限界だ。

「みづちさっ、の……ばかぁ……」

「すまん」

「だっこぉ」

「分かった」

「あし、だるい、おなか、苦しい……むねいたい、頭、ひんけつでくらくらする……おなか、けられるの、こわい……うごいたら、こわい……やだ、泣くの、しんどいぃ」

ぽつぽつ、と訴える。

「すまなかった」

今までは、褒名が訴えなくても、先んじて御槌が問いかけ、全て対処し、世話を焼いていた。それもいけなかった。きちんと、言いたいことを言わせてあげる必要もあった。

そうした会話から、褒名の不安にも気づいてやれたかもしれない。

たまに甘えてくることはあっても、こんなにもこわがっていることまでは、予測していなかった。

「すまん」

「……みづち……さん……」

「どうした?」

「なん、か……はら、いたい……」

「先生に……」

「……? もう、大丈夫……です。痛いのも、胎動も、治まりました……」

「横になるか?」

「……ん、うん」

それから丸一日経過して、こんなことがあった。

数年後には笑い話になったが、当時は、ひどい修羅場だった。

「なんか今日は下痢もしてないのに、腹が痛いんですよねー」

昨日までの不安をよそに、御槌の腕の中でわんわん泣いてすっきりした褒名は、呑気《のんき》にそんなことを言って笑っていた。

「そうか、冷やさないほうがいいな」

御槌も、呑気にそんなことを言っていた。

「じわじわきて、また、おさまるんですよねー」

「そう、か……？」

「下っ腹が張ってるし、腰も痛いし……それから、ごめんなさい、なんか下着を汚しちゃいました」

「後で洗っておく」

「すみません。下洗いはしてあるので……ほんと、なんだろ、……あ、また来た」

「大丈夫か？」

という会話を、夕食を食べながらしていた。

「あの、さ……お二人さん」

同じように夕食の席に着いていたネイエが、そろりと挙手したかと思うと、とても言いにくそうにこう言った。

「それ、陣痛じゃね？」

「…………」

「…………」

「あ……」

「あぁ！」

「いや、あぁ！　じゃなくて、お産だよ！　お産！　ちょ、も……先生呼んでくるから！　褒名ちゃんは呑気にメシ食ってないで!!　御槌は……お前、何してんの？」

「布団を敷いてくる」

まったくもってすっかり落ち着いている御槌に輪をかけて鷹揚《おうよう》に構えた褒名は、まだのんびりご飯を食べていた。

御槌が落ち着いているから、そんなに焦らなかった。

一晩泣いてすっきりして、腹も決まった。

もうこわいものは何もないと覚悟が決まるまで、子供も生まれるのを待っていてくれたのかもしれない。

翌朝の明け方、三つ子の男の子が生まれた。

＊＊＊

三つ子が産まれてから、また随分と先の話。

ちんまい仔狐が、黒屋敷の庭先で、わらわら、わらわら。

一人、二人、三人、四人、五人、六人……と数えるうちに、どれが最初に数えた一人目か分からなくなる。

庭先には、黒御槌と呼ばれ畏れられた黒狐が見事な立ち姿を披露している。眉間に皺を寄せ、恐ろしい顔をして、仔狐を一匹ずつ両肩に乗せ、その頭にもう一匹がよじ登り、背中に二匹がしがみつき、足元に丸々と転がる一匹をつま先で拾い上げ、さらにもう一匹が太腿によじ登り、右脇に一匹を抱え、左脇に褒名を抱えていた。

褒名はすっかり信太での生活が板につき、着物姿だ。子供たちと遊ぶのに下駄も草履も履かず、裸足《はだし》で庭を駆け回る。

今では、白狐の力も使えるようになった。御槌の父に代わって村に結界も張れるようになったし、町の大学や職場で習得した測量技術やらで治水をしたり、橋をかけたり、山を保存したり、開発の手が伸びないようにと、人として出来ることも怠らない。

信太の村を守って、そこに住む人も守る。

何よりも愛しい御槌を守って、家族を守って、大切な場所を守り続ける。

褒名はすっかりこの場所に、自分の生きる幸せを見つけていた。

「お前たち、散らかるな。集合しろ」

御槌のひとことで、わらわらと仔狐が集……まらない。

それぞれが思い思いに、自由気儘《きまま》にあちこち跳ねて転げて遊び回っている。

それらを回収するのも、一苦労だ。

「おとうさん……すごいね！」

一年ぶりに信太村を訪れたネイエは、諸手で拍手を送った。

ほんの一年足らず足を向けられずにいたうちに、また小さな口が増えていた。

御槌は変わらずの仏頂面だが、幸せそうだ。この日常にもすっかり慣れた様子で、耳と尻尾を隠しもせず跳ね回る仔狐を、せっせと回収している。

「しっかしまぁ……子だくさんにも程があるわ」

ネイエの膝の上でも、二匹がお昼寝中だ。

子供は現時点で十三人。

狐は多胎だ。一度に、三匹も四匹も生まれる。

これでは、褒名の体が休まる暇もないだろう。

その心配は、御槌の両親やおたけ、果てには信太村の住民に至るまで皆が考えたようで、

「若様、お嫁さまを好いていらっしゃるのはとてもよろしいことですが、せめて、一年や二年は種付けを控えられて、お嫁さまの体を休ませて差し上げなさいませ。……ほれ、見ようご覧なさい。あの細腰でそうぽんぽんと子を産めば、子宮も産道も悲鳴を上げております る」と、進言していた。

少子化対策にも程がある。

「おいこら、のぼるな」

ネイエの髪が、背後から引っ張られる。

「きんいろぴかぴか」

「きらきらおめめー」

「髪を引っ張るな、眼球に指を突っ込むな」

膝でお昼寝する二匹とはまた別の双子が、ネイエの髪と眼で遊ぶ。

かと思えば、一匹だけ、ぽつんと勝手に中庭にしゃがみこんで丸くなっているのがいる。

「何してんだ?」

近寄ると、その仔狐は、真っ黒の瞳でネイエを見上げた。

「じめん、みてる」

「地面、見てるの?」

「うん」

こく、と小さく首を縦にする。

ただ、地面を見ているだけらしい。

十三匹もいれば色々な性格がいる。

「だっこー」

「だっこー」

「ちちーぇ、らっこー」

「ぁっこぉ」

「ぁう」

「順番だ、並べ」

御槌の前に、だっこ待ちの子供たちがわらわらと並ぶ。

褒名に似て、子供たちは皆だっこが好きだ。

「…………なぜ、お前まで並ぶ？」

「だ、だっこ……」

列の最後尾に褒名も並ぶ。

「だっこー」

十三人と大人一人の大唱和が、庭先に響いた。

御槌は、一人ずつ、時には二人ずつ、平等にだっこをしていく。ところが、褒名をだっこする時間が一番長いと、子供たちがぶぅたれる。当然だと言わんばかりに、御槌が「俺の嫁だからな」と子供に言ってのける。

「あーぁあ、幸せそう」

余った仔狐を肩に乗せて、ネイエはその狐耳を撫でてやる。

どの子も御槌に似てつやつやと黒い毛並だ。

こん、と鳴いて可愛く笑う。

それぱっかりは、褒名似だ。

「あ、そうだ……御槌さん」

御槌に抱かれた褒名は思い出したように頬をゆるめ、その耳元へ唇を寄せる。

「なんだ？」

「十四番目、できました」

御槌の手を取り、自分の腹に押し当てた。

また一人、家族が増えます。

信太の夫婦に、十四番目ができました。

あなめでたや、いとめでたし。

白尾《はくび》と黒尾《こくび》を絡ませて、夫婦狐《めおとぎつね》が、こん、と鳴いた。

恋ひてたずね暮らせば信太の夫婦

「この長屋は女子供ばっかり住んでるでしょ？　若い男といったら褒名《やすな》ちゃん含め、みぃんなひょろっこいのばっかりで……一人こう用心棒みたいなのがいると頼もしいと思ってたところでねぇ……あらやだ、世間話しにきたんじゃないいんだよ。これ、うちの小料理屋で新しく出そうと思ってる料理なの。よかったら二人で味見してちょうだいな」

同じ長屋に住む雉子子《きじこ》が、小気味良い口調とともに御槌《みづち》に小鉢を渡す。

「………ぅー……雉子子さん……おはよ……ぉ、ござ、ぃ……ます……」

布団の中で、褒名が唸《うな》る。起きあがって朝の挨拶《あいさつ》をしようと思うのに、腰の怠重《だるおも》さに耐えきれず、寝床から精一杯の声をあげた。

「いいよぅ、やすちゃん。寝てなぁ。……じゃ、番犬御槌さん、アタシはこれで。……あ、そうそう、昨夜は随分とお盛んでしたようで、ご馳走《ちそう》さんです」

悪戯《いたずら》っぽく「あら出歯亀失礼」と微笑《ほほえ》み、ささっと用件を済ますと、後《おく》れ毛も艶《つや》やかな後ろ姿で颯爽《さっそう》と去っていく。御槌はその背に礼を述べ、静かに玄関戸を閉じた。

「まだ寝ていていいぞ。久々の休みだ」

ぬぼーっと布団に座りこむ褒名の頭を、御槌が撫《な》でる。

「……いま、何時ですか……」

「午前九時十八分」

台所の炊飯ジャーに表示された時刻を、御槌が確認する。

こちこちと忙《せわ》しない音を御槌が嫌うので、この部屋には壁掛け時計がない。

「起きて……洗濯……」

「もう済ませた」

洗いあがった洗濯物の入った籠《かご》を小脇《こわき》に抱え、褒名の隣を通り抜ける。

縁側から、長屋で共用している裏庭へ出ると、物干し竿《ざお》にその洗濯物を干し始めた。

「……てつだい、ます……」

もそもそ、ごそごそ。くちゃくちゃの上掛け布団を二つ半分に畳み、畳んだその布団にぼふんと倒れこんで、また、目を閉じる。腰が怠い。寝不足で眠い。腹の中がまだ疼《うず》く。

「もう干し終わった」

「……みづちさぁん……、おふとん、ふかふかぁ」

昨日の夜、べたべたにしちゃったのに、なんでもうふかふかなの？

「敷布なら、寝ている間に洗濯して替えた。……起きるか？　起きるなら朝メシだ」

かちゃかちゃ、くつくつ。食器の音と、お味噌《みそ》汁を温め直す音。

とろとろしている褒名をひょいと担いで布団を上げて、それでもまだふわふわしている褒名を居間の座布団に座らせ、卓子に次々と料理を運び込み、褒名を膝《ひざ》に乗せ直せば完了。

「これが、雉子子殿の差し入れだ」

膝に抱いた褒名の口もとへ、せっせと食事を運ぶ。

「おいしい。……辛めだけど、お酒呑《の》む人は、もっと辛いほうが好きですかね？」

ぼんやりしたまま、舌に乗せられる料理をもぐもぐと咀嚼《そしゃく》する。

「ちょうどだと思うが……、もうすこし辛くてもいいな。そのほうが弁当にも、白飯にも合う」

「小料理屋さんで白いご飯食べる人って多いんですかね？」

「あまり聞かないな。……〆《しめ》に茶漬けか……あの小料理屋は、鮨《すし》も旨《うま》いしな」

「御槌さんは、俺のお弁当のことで考えちゃいますもんね」

大学がある日は、御槌がお弁当を作ってくれる。ゼミ仲間の忍び寄る手から守るのもひと苦労なほど美味しくて、手間暇のかかったお弁当。生まれて初めて、家族に作ってもらったお弁当。毎日、写真に残して、ありがとうの手紙を附箋《ふせん》一枚分で御槌に書く。御槌は、そんなものも大切にしてくれて、きれいな字で、次の日のお弁当と一緒に返事をくれる。

『おはようございます。午前十時のニュースと天気予報です』

「……っ！」

時間予約していたテレビの電源が入り、御槌がびくっと耳を出した。

「御槌さん、大丈夫です、テレビです」

ピピピピピ！　ピピピピピ！

「……っ!!」

褒名の携帯電話が鳴ると、御槌が、びょっ！　と尻尾《しっぽ》を出す。

「御槌さん、大丈夫です。目覚まし時計です」

「あぁ……いや、大丈夫だ、うん、大丈夫だ。……これでも、米の炊けた炊飯器の音と、ポットのお湯が沸いた音には慣れたんだ。問題ない」

「最初、すっごい驚いて、警戒して、牙《きば》まで剝《む》いてましたもんね」

「……玄関のピンポンには、まだ時々……驚く」

嘆息して、褒名の肩口に額を預け、ぐりぐりなすりつける。

「御槌さん、耳も鼻もよく利きますから……びっくりしちゃいますよね」

ふぁふぁふぁの耳が頰《ほお》を擽《くすぐ》るので、褒名は御槌の耳の裏に手を当て、宥《なだ》めるようによしよししてあげる。そうしたら、御槌はいつものこわい顔で、「お前が平気なんだから、そのうち俺も慣れる」と褒名に聞かせるように、自分に言い聞かせる。その証拠に、最初は洗濯機のゴトゴト音にも尻尾を出していたのに、今は説明書片手にではあるが、洗濯物の量に合わせて、洗剤の増減さえ調整できるようになった。褒名は、一刻も早く馴染《なじ》もうとしてくれる御槌に「ゆっくりでいいですよ」といつも応《こた》える。焦る必要はない。日常の些細《ささい》な出来事のひとつひとつを大切に経験にして、二人でこの愛《いと》しい時間を過ごせばいい。

そうして、二人でゆっくり朝食を食べて、お茶を楽しみ、片づけを終えたら、掃除をする。二間だけの鰻《うなぎ》の寝床みたいな長屋だから、そんなに時間はかからない。

でも、掃除機の取り扱いに苦戦しながら掃除をしている御槌だとか、背の低い鴨居《かもい》に額をぶつけてしゃがみこむ御槌だとか、ガスコンロの点火に悪戦苦闘している御槌だとか、ご近所付き合いをする御槌だとか、褒名一人だけが寝起きしていた部屋で、机に向かい、雉子子へ料理の感想をしたためる御槌だとか……そういうのが見られて嬉《うれ》しい。

思わず、ぼんやり部屋に突っ立って、ずっと御槌の背中を追いかけて、いつまでも見つめてしまうくらい、嬉しい。ほら、今もただ御槌がテレビで料理番組を見て、それをメモして、時々、コメンテーターの現代用語に首を傾《かし》げているだけの後ろ姿なのに……。

「好き」

「……褒名？」

「すみません……口に出ちゃいました……」

どうしても嬉しくて、どうにも幸せで……好きな人の背中を見つめていられる人生がくるなんて想像もしていなくて……じわじわと幸せを噛《か》みしめてしまって……好きなんです。

毎日「おかえり」って言ってもらえるのが嬉しいんです。お弁当が嬉しくて、一緒に洗濯物を畳むのも嬉しくて、ひとつの布団で眠るのも嬉しくて、一緒に散歩へ行って、夜のスーパーに入って、仔狐《こぎつね》みたいに警戒する御槌さんの手を引いて歩くのも好きなんです。

「好きです」

「俺も好きだぞ」

恥ずかしがってテレビを見ながらだけれども、耳がふぁふぁ、尻尾がたしたし畳を叩《たた》く。

「御槌さん。耳と尻尾が出てます」

「……お前と暮らすようになってから……どうにも、これらが言うことをきかん」

「うん、かわいい」

御槌の隣に座って、腕を組み、一緒にテレビを見て、お昼ご飯の相談をする。

知らないうちに、白い尻尾と黒い尻尾が絡んで巻きついて、きゅうきゅうくっついて、

……そういえば、今年は、初めて二人で過ごす冬だと気づく。ちっとも寒さに気づかなくて、いっつも心があったかくて、ふぁふぁ、ほっぺたがゆるんで、しあわせな心地。

「……あー……褒名」

「はい」

「だっこするか？」

「交尾しましょう？」


これは、最初の三つ子が生まれる少し前の話。

幸せな幸せな夫婦《めおと》狐が仲睦《なかむつ》まじくじゃれあって、新婚生活を楽しむある冬の日の話。

あとがき

こんにちは、鳥舟です。

爽やかな風景から移り変わる幽玄な景色に気を取られ、迷い込んだら狐の里だった……と、そんな不思議な始まりの中に、すこし寒気のするような雰囲気。のんびりと穏やかな村で罷り通るのは、人知の及ばぬ神怪の道理。ヒトとして育った子が、それらを学び、受け入れられるのも、神狐として育った男と出会ったからこそ。ひと夏の出会いでガラッと変わった人生を、愛しい人と一緒にめいっぱい幸せに謳歌する。そんな話になりました。

この話は思い入れも深く、どの登場人物にもそれぞれ物語がありますが、特に、作中であんな目に遭わせている大神惣領は受けだな……と、強く思う次第です。

末尾ではありますが、いつもお世話してくださる担当様、可愛くて幸せな夫婦狐と子供たちを描いてくださった香坂あきほ先生、日々、仲良くしてくれる友人たち、この本を手にとり、読んでくださった方、ありがとうございます。この場を借りて御礼申し上げます。

鳥舟あや

家族の団欒を想像すると
微笑ましくてたまりません…！

香坂あきほ

＊黒屋敷の若様に、迷狐のお嫁入り：同人誌『信太の夫婦』（二〇一三年十一月発行）に加筆修正
＊恋ひてたずね暮らせば信太の夫婦：書き下ろし

ラルーナ文庫

この本を読んでのご意見・ご感想・ファンレターなどお待ちしております。〒110-0015 東京都台東区東上野5-13-1 株式会社シーラボ「ラルーナ文庫編集部」気付でお送りください。

黒《くろ》屋《や》敷《しき》の若《わか》様《さま》に、迷《まい》狐《ご》のお嫁《よめ》入《い》り

2016年2月7日 第1刷発行

著　　　者｜鳥舟《とりふね》あや

装丁・DTP｜萩原 七唱

発　行　人｜書 仁警

発　行　所｜株式会社 シーラボ
〒110-0015 東京都台東区東上野 5-13-1
電話 03-5830-3474／FAX 03-5830-3574
http://lalunabunko.com/

発　　　売｜株式会社 三交社
〒110-0016 東京都台東区台東4-20-9 大仙柴田ビル2階
電話 03-5826-4424／FAX 03-5826-4425

印刷・製本｜シナノ書籍印刷株式会社

ISBN987-4-87919-886-0